NO SOLO POR EL BEBÉ

OLIVIA GATES

HARLEQUIN™

cerrar el acuerdo tras el problema con Stephanides. Pero esta vez, haré lo que sea para que estudie nuestros planes de expansión.

Naomi reprimió una risa sarcástica. Ella no había conseguido que Andreas estudiara su oferta ni cuando se acostaba con él cada noche. Ni con el sexo más espectacular había logrado que se implicara en un negocio al que no le veía ganancia. Para él, el desarrollo sostenible representaba demasiados problemas logísticos sin beneficios que los compensaran.

Pero Naomi pensó que no valía la pena desanimar a Malcolm y hacerle sospechar. Solo su hermana, Nadine, y el único amigo de Andreas, Petros, habían sabido lo que había entre ellos. Para el resto del mundo, solo habían mantenido una relación profesional. Él como el rey Midas de los negocios; y ella como socia de la empresa de construcción que intentaba abrirse hueco en un campo tan competitivo.

Naomi siempre se había alegrado de haber mantenido la relación en secreto y poder seguir su vida normal una vez acabó. Por eso no se molestó en advertir a Malcolm que se trataba de un empeño inútil.

Por otro lado, él ya lo sabía. Llevaba más de siete años intentando convencer a Andreas de que colaborara con ellos, incluso antes de que Naomi se asociara con él. Precisamente había conocido a Andreas cuando por fin había contestado uno de los insistentes mensajes de Malcolm, un año después de que, junto con Ken, establecieran Sinclair, Ulrich y Newman, o SUN Developments.

Andreas había acudido a ver uno de sus primeros proyectos y, al verlo en persona, Naomi, que ya lo consideraba un hombre atractivo por las fotografías, lo encontró espectacular. Y a lo largo de su breve visita, había conseguido fascinarla e intimidarla a partes iguales. Tras hacer una serie de comentarios severos, que a la larga les habían servido para detectar debilidades de su proyecto y mejorarlo, se había ido sin decir si le interesaban ni el proyecto... ni ella.

En la pantalla, Andreas fue hacia su limusina al acabar las declaraciones. Incluso de espaldas se podía intuir al guerrero implacable que conquistaba sin esfuerzo, destruía sin proponérselo y se despreocupaba del daño que hubiera podido causar a su paso.

Malcolm tomó su móvil.

–Voy a intentar dar con él y pedirle una cita antes de que se me adelanten.

–Te dejo a solas –dijo Naomi, poniéndose en pie.

–Pero si ni siquiera hemos empezado la reunión...

Naomi se detuvo en la puerta.

–Ya la tendremos mañana. Además, estoy preocupada por Dora, así que no sé si podré concentrarme.

No mentía. Había dejado a Dora con fiebre al cuidado de la niñera, Hannah, que antes había sido su propia niñera. Y aunque esta le había dicho que estaba mejor, la noticia de la vuelta de Andreas había acabado por perturbarla como para que le resultara imposible concentrarse en nada.

–Es una suerte que tengas algo más importante que hacer –dijo Naomi, forzando una sonrisa.

–No hay nada más importante que tú.

Naomi mantuvo la sonrisa a duras penas a la vez que cerraba la puerta de su socio. Malcolm siempre había hecho comentarios así de galantes, pero hacía un tiempo que Naomi había detectado un cambio de actitud que la inquietaba. Le espantaba la posibilidad de que se creara cualquier tipo de tensión en una relación de trabajo que hasta entonces había sido fluida. De hecho, se había asociado con Ken y con Malcolm porque ambos estaban felizmente casados. Pero desde que su mujer había muerto de cáncer, tres años antes, tenía la sensación de que la actitud de Malcolm había cambiado. Y más aún desde hacía tres meses, al morir Nadine y Petros.

Entró en su apartamento de Manhattan dándole vueltas a aquel tema y a la inesperada vuelta de Andreas. Acababa de colgar el abrigo cuando oyó pisadas acercarse. Al volverse vio a Hannah, mirándola con ansiedad.

–¿Le pasa algo a Dora? ¿Por qué no me has llamado? –preguntó con el corazón acelerado.

–La niña está perfectamente –dijo Hannah–. Ya te he dicho que Dora es una niña fuerte. Y sabes que tengo mucha experiencia.

–Dora va a cumplir diez meses y sigo preocupándome cada minuto que estoy alejada de ella. Siempre puede haber un accidente... –como el que se había llevado a Nadine y a Petros.

Hannah la estrechó en un fuerte abrazo, como los que le daba desde pequeña siempre que necesita ser reconfortada.

–La angustia forma parte de la maternidad, cariño, pero juntas contribuiremos a que Dora se convierta en una mujer tan maravillosa como su madre y como su tía.

Naomi se echó a llorar y se dejó consolar por la mujer que había ocupado el lugar de su madre cuando había perdido a esta, a los trece años.

Luego alzó la cabeza y trató de sonreír.

–¿Por qué has venido con cara de preocupación? ¿Creías que era un intruso? –de pronto se puso seria–. Si alguna vez pasara, debes llamar a la policía inmediatamente.

Hannah alzó las manos.

–Estás paranoica. Sabes que este edificio está perfectamente protegido. Sabes que quienquiera que entre debe ser invitado –Hannah calló bruscamente y se retorció las manos–. Lo que me lleva a la razón de por qué he salido a tu encuentro.

–¿Qué quieres decir?

–Que quería evitar que te encontraras conmigo sin previo aviso.

***

Naomi abrió los ojos horrorizada a la vez que se le aceleraba el corazón. Aquella voz no había dejado de resonar en su interior: Andreas.

Se volvió bruscamente y lo vio en la puerta. Andreas Sarantos, el hombre del que había escapado hacía cuatro años con el alma y la mente destrozadas.

Su mera presencia la asfixiaba. Era más alto, más ancho de hombros de lo que recordaba, más amenazador. Lentamente se aproximó a ella y Naomi sintió al instante una mezcla de sensaciones que no había pensado que fuera a volver a experimentar, pero con el tiempo, Andreas resultaba aún más impactante.

Sus ojos de acero la inmovilizaron. Luego la recorrió de arriba abajo con la mirada, y ella lo imitó. Desde su cabello rubio a su piel cetrina, por los planos de su rostro de varonil perfección, hacia un cuerpo envuelto en un traje que parecía adaptarse a él como si se lo hubieran cosido encima.

Una perfección física que ella conocía bien, pero que además iba acompañada de un carisma y un carácter con el que conquistaba a quien se acercaba a él. Era un hombre poderoso, que mandaba sobre miles de personas y cuyas decisiones podían convertirse en millones. Y por un tiempo ella había caído rendida a sus pies.

Hasta que llegó un momento en el que le suplicó que la dejara marchar porque no creía tener suficiente fuerza como para irse por sí misma. Pero lo que él había hecho para torturarla y atormentarla le había hecho jurar que no caería nunca más en su trampa.

Ahora, se volvían a encontrar, justo cuando ella había llegado a la convicción de que sus caminos nunca se cruzarían. Y sin embargo, allí estaba.

–¿Qué demonios haces aquí?

Fue Hannah quien respondió con voz agitada.

–Cuando le he visto en la puerta, he asumido que tú le habrías dado instrucciones al conserje para que le dejara pasar –incluso Hannah creía que su relación no había pasado de una serie de encuentros cuando su hermana se había casado con el mejor amigo de él–. Me hizo creer que le habías invitado, que llegaba antes de lo esperado y que no merecía la pena que te molestara llamándote al trabajo.

Andreas se adelantó a Naomi.

–Gracias, señora McCarthy. Ahora que Naomi ha llegado, puede seguir con sus ocupaciones.

Naomi no daba crédito a su arrogancia. Y menos al ver que Hannah, que era una de las mujeres con más carácter que conocía, obedecía. Furiosa, se irguió y dijo:

–Ahora que he llegado, eres tú quien puede irse.

Andreas esperó a que Hannah se fuera para contestar.

–Solo después de charlar contigo. ¿Pasamos a la sala o prefieres otra habitación?

A Naomi le indignó que se permitiera hacer referencia a la intimidad del pasado.

–No pienso ir contigo a ninguna parte –apretó los dientes–. No sé a qué has venido, pero es demasiado tarde.

El Andreas que había conocido la habría mirado impasible. En el tiempo que duró su relación solo había visto la indiferencia y la pasión reflejadas en su rostro; y en su último encuentro, la ira.

Pero en aquel momento la miró con algo parecido a… ¿la sorpresa? Quizá le divertía que alguien se atreviera a desafiar a un dios.

Naomi marcó tres números en su teléfono y, manteniendo el dedo sobre el botón de llamada, dijo:

–O te vas, o llamo a la policía.

–Cuando sepas por qué he venido, querrás que me quede –dijo él, impertérrito.

–Lo dudo mucho.

–¿Por qué no me invitas a cenar? Llevo media hora con la boca hecha agua por el aroma de lo que está cocinando la señora McCarthy.

Naomi sacudió la cabeza, indignada con su arrogancia.

–Sé que crees que todo el mundo es un peón en tu partida de ajedrez, pero si crees que puedes jugar conmigo, es que has perdido el juicio –cuando Andreas se quedó mirándola fijamente, en silencio, ella chasqueó los dedos ante su rostro y añadió–: Tengo mi propio papel en una partida en la que tú no tienes personaje. Ahora, márchate.

Naomi casi pudo ver la ira que lo sacudía bajo su impenetrable armadura. De haber existido un ángel caído, habría tenido el aspecto que él presentaba en aquel momento: hermoso, siniestro y sublime a un tiempo; tan turbador que resultaba igualmente imposible mirarlo como apartar la mirada de él.

Andreas ladeó la cabeza y chasqueó la lengua con sorna antes de decir:

–¿Crees que después de cuatro años de separación puedes hablar así a tu adorado esposo?

Capítulo Dos

–Exmarido –precisó Naomi con vehemencia.

–Solo técnicamente –dijo él, encogiéndose de hombros.

–Técnicamente, se llama divorcio.

Y para conseguirlo Andreas le había hecho pasar un suplicio.

Andreas se encogió de hombros una vez más.

–¿A qué se debe todo este drama? Cualquiera diría que te abandoné, cuando fuiste tú quien me dejó.

–Siempre tan egocéntrico. Eres incapaz de pensar en los demás.

–¿Quieres decirme algo o has tenido un mal día y necesitas desahogarte?

Naomi abrió la boca, pero volvió a cerrarla. Para alguien tan emocional como ella, la frialdad de Andreas resultaba frustrante.

–Si en el tiempo que llevamos separados has acumulado rencor y quieres expresarlo –continuó él–, no me importa servirte de frontón.

–No hay palabras para expresar el horror.

–Tengo entendido que gritar es muy catártico.

–Para mí lo más catártico es que te vayas. No soporto tu presencia.

Andreas la miró fijamente, en silencio. Hasta que, inesperadamente, dio media vuelta y entró en la sala.

Naomi se quedó paralizada unos segundos. Luego fue hacia él y, tomándole del brazo con ambas manos, lo detuvo. Como si quisiera demostrarle la poca fuerza que tenía comparada con él, Andreas dejó pasar unos segundos antes de volverse, y cuando lo hizo, fue con un ademán de total indiferencia.

Entonces Naomi estalló y comenzó a golpearle el pecho con los puños, una y otra vez, mientras Andreas aguantaba los golpes, impasible, dejándole dar rienda suelta a su rabia, como si se tratara de un científico observando el comportamiento de una extraña criatura.

Hasta que de pronto, Naomi se encontró con las dos manos a la espalda, aprisionada entre la pared y el cuerpo de Andreas. Antes de que pudiera protestar, él le metió la rodilla entre las piernas, abriéndoselas, y con su otra mano, la sujetó por la nuca.

Tras mirarla a los ojos, Andreas agachó la cabeza y la besó. Y al instante Naomi fue trasladada a un pasado que llevaba años queriendo olvidar.

La primera vez había sido exactamente así, en la suite de Andreas. Con el primer beso, supo que la crueldad formaba parte de su naturaleza, pero había querido creer que era un arma con la que pretendía asustarla. Cuando eso no funcionó, intentó dominarla por medio del placer.

Ella se había entregado ciegamente a la fuerza de la pasión y al placer físico que él le había proporcionado. Andreas había arrancado de su cuerpo respuestas y sensaciones que ella desconocía. Con cada encuentro había elevado el placer que le proporcionaba, y sin embargo, al no acompañarlo con ningún tipo de respuesta emocional, la gratificación sexual había ido dejando a Naomi vacía, como una adicta que alcanzara las cimas del gozo para luego caer en el abismo del vacío.

Su parálisis, que Andreas tomó como aceptación, permitió a este apoderarse de su boca y explorarla sensualmente, antes de hacerle sentir contra el vientre la presión de su sexo endurecido. Pero cuando de su garganta escapó un murmullo de satisfacción, Naomi consiguió reaccionar.

–Sabes aún mejor de lo que recordaba –musitó él.

«Y tú exactamente igual: apabullante y caprichoso».

Naomi intentó liberarse, pero solo consiguió que él la aprisionara con más fuerza, que separara los labios para besarle la mejilla, la oreja, el cuello. Durante unos segundos, succionó el punto en el que tenía el pulso, como si quisiera absorber sus latidos. Finalmente, con un gemido, levantó la cabeza y le soltó las manos, pero no se separó de ella.

Naomi se quedó inmóvil, conteniendo el aliento para dominar el temblor que la recorría. Hasta que Andreas se separó lentamente de ella, con tanta delicadeza como si sus cuerpos hubieran quedado fundidos y temiera que se le desgarrara la piel. Solo entonces se atrevió Naomi a respirar profundamente.

–No voy a disculparme por haberte pegado –musitó–. Supongo que te ha servido de excusa para hacer lo que acabas de hacer. Como siempre, he dejado que me manipularas. Ahora, vete.

Andreas la miró con ojos refulgentes.

–Me gusta tu cambio de temperamento. Solías ser muy… amable.

–Querrás decir dócil.

–Yo nunca lo vi así. Pero según tú, tiendo a inventar la realidad a mi conveniencia –alzó la mano a la mejilla de Naomi y le deslizó el dedo por el mentón, el cuello y la clavícula, hasta detenerlo justo en el centro del escote–. Yo no te describiría como dócil. Es cierto que accedías a mis deseos, pero también exigías y pedías lo que querías.

Naomi sintió un intenso calor en el vientre al recordar los momentos a los que Andreas hacía referencia. Era el único hombre que había tenido ese poder sobre ella, y por eso mismo lo odiaba.

–No creo que hayas venido aquí para discutir nuestra extinta… alianza –susurró con aspereza. Y al ver que Andreas enarcaba una ceja, añadió–: No encuentro una palabra menos impersonal para referirme a lo que hubo entre nosotros, y no tengo el menor deseo de rememorar el pasado.

Dando media vuelta con gesto impasible, Andreas dijo:

–¿Nos sentamos?

Y sin esperar respuesta, entró en la sala como si le perteneciera, como si la turbadora escena que acababa de tener lugar no hubiera sucedido.

Naomi, consciente de que atacarlo no serviría de nada, lo siguió con piernas temblorosas. A pesar de que acababa de redecorar la habitación con colores animados, pensando en Dora y para librarse de la melancolía que sentía desde la pérdida de Nadine y de Petros, en cuanto Andreas entró, pareció oscurecerse y empequeñecerse.

Andreas fue directo a un sillón rojo. Tras sentarse, se echó el cabello hacia atrás y Naomi observó que lo llevaba más largo. También pensó que los años solo habían contribuido a que fuera aún más atractivo y viril. Y lo maldijo. Afortunadamente, sabía que todo lo que tenía de hermoso por fuera, lo tenía de monstruoso por dentro.

–Por cómo has reaccionado al verme, parece que has acumulado mucho resentimiento –dijo Andreas.

Naomi resopló con incredulidad.

–Si no supiera que tienes una familia, pensaría que eres un humanoide carente de todo sentimiento o escrúpulo, fabricado en un laboratorio.

Andreas ni siquiera pestañeó.

–Si me ves así es cosa tuya, pero si fuera tal y como me describes, ¿por qué habría intentado impedir que me dejaras?

–Para demostrar tu poder. En realidad nunca te casaste conmigo, solo firmaste unos papeles para impedir que diera nuestra fatídica relación por terminada; y para continuarla bajo la falsa etiqueta de «matrimonio».

–¿Crees que evité que me dejaras en dos ocasiones para demostrar mi poder?

–Creo que pretendes que todo el mundo esté a tu disposición y cumpla tus órdenes..

–¡Qué interesante! Andreas se rascó el mentón, como si reflexionara. Luego alzó la mirada hacia Naomi–. Esa es una buena descripción de cómo soy, pero esos no eran mis motivos por aquel entonces. Solo confiaba en que, con el tiempo, se te pasara la pataleta y volvieras.

–¿La pataleta? ¿Eso era para ti? ¿Y entonces, qué pasó, te despertaste un día y decidiste que ya no necesitabas a la niñata? Ni siquiera eras tú el encargado de acosarme. Para eso ya tenías a tu abogado.

–Seguro que tienes una teoría de por qué me di por vencido.

–Supongo que porque te aburriste.

Andreas ni negó ni afirmó. Ni siquiera ofreció una explicación de por qué, súbitamente, al cabo de seis meses, había firmado los papeles del divorcio. Estaba segura de que Andreas se había aburrido o había encontrado a una sustituta.

–Tienes razón –oír a Andreas decir eso, desconcertó a Naomi. Pero él siguió–: No he venido a hablar del pasado, aunque me da la sensación de que eres tú quien se aferra a él.

–El rechazo que despiertas en mí no tiene nada que ver con el pasado.

–¿Entonces?

–¿De verdad que no lo sabes?

–No. Explícamelo.

–Petros te llamó en su lecho de muerte, pero tú no te molestarte en acudir. Ni siquiera viniste al funeral.

Por toda respuesta, Andreas parpadeó lentamente antes de volver a clavar sus ojos grises en ella, como si esperara que continuara.

Naomi sintió la rabia hervir en su interior.

–Vino todo el mundo, hasta sus enemigos. Todo aquel que sabía que Nadine lo era todo para mí y que Petros se había convertido en el hermano que nunca tuve. Solo faltaste tú. Tu insensibilidad hizo que mi percepción de lo que había entre nosotros empeorara aún más. Hasta entonces, siempre me había sentido avergonzada de la facilidad con la que me había entregado a ti, y me culpaba de lo que había sucedido después; pero aquel día llegué a despreciarme por haber estado con alguien tan... perverso. Cuando no acudiste a la llamada de tu amigo moribundo, ni acudiste tan siquiera a dedicarme unas palabras de consuelo, me di cuenta del crimen que había cometido contra mí misma. Hasta entonces nunca había odiado a nadie. Pero desde ese día, te odio.

Andreas parpadeó de nuevo y, por un instante, pareció conmovido. Pero cuando miró a Naomi había recuperado su habitual indiferencia.

–No pensé que quisieras verme.

Naomi lo miró boquiabierta.

–¿Pretendes hacerme creer que no viniste en deferencia a mis sentimientos?

–Me limito a decir lo que pensé. Pero esa no fue la razón de que ni te llamara ni fuera a verte.

Naomi esperó por un segundo a que le diera una explicación, pero en seguida se dio cuenta de que había vuelto a caer en la trampa de esperar algo de él, cuando Andreas jamás daba explicaciones de sus actos, ni pedía la comprensión o la tolerancia de los demás. En ese sentido, siempre podía contar con su coherencia: Andreas nunca mentía ni inventaba excusas porque los sentimientos ajenos le eran indiferentes.

Súbitamente se sintió cansada, exhausta. Llevaba demasiado tiempo luchando por mantenerse fuerte. Primero para su madre, luego para Nadine, después para Hannah y Dora. Pero ya no podía fingir que estaba a la altura de Andreas, porque nadie lo estaba. Él era una batalla perdida que le robaba energía. Y toda la que tenía debía reservarla para Dora.

Caminó hacia él sin importarle que viera su vulnerabilidad.

–Da lo mismo que no vinieras al funeral, Andreas. Tu presencia solo habría empeorado las cosas. Por eso no entiendo qué haces aquí y te ruego que te marches.

A modo de respuesta, Andreas le tomó la mano y, tirando de ella, la sentó en su regazo. Naomi se sintió atrapada por su fuerza y su calor.

Un zumbido que primero no reconoció pero

que acabó por identificar como el teléfono de Andreas, le ayudó a reaccionar. Hizo ademán de levantarse, pero Andreas susurró:

–No, *omorfiá mou.*

Naomi se estremeció al oírle llamarla «mi preciosa», tal y como solía hacer cuando estaban juntos. Andreas la mantuvo asida con uno de sus brazos y con la otra mano sacó el teléfono. Al ver quién llamaba, resopló y dijo:

–Tengo que contestar. Pero lo retomaremos donde lo hemos dejado.

Naomi logró liberarse de su brazo y de su hipnótica mirada y se sentó en el sofá, a una distancia prudencial.

–No.

Andreas se limitó a observarla con mirada ardiente. Luego contestó la llamada y Naomi oyó que se trataba de Stephanides. ¿Sería...? Luego dijo «Christos», confirmando lo peor. Se trataba del hombre que la amenazó con partirle las piernas, y cosas aún peores.

Así había empezado todo entre Andreas y ella hacía seis años. Ella estaba con Malcolm en Creta para abrir una filial de su empresa. Estaban a punto de cerrar un trato cuando un grupo de matones los amenazó de parte de Christos Stephanides, el magnate local de la construcción. El mensaje había sido escueto: o se llevaban su negocio a otro lugar o no saldrían enteros de Creta.

Pero antes de que pudieran hacerles una demostración de lo que les esperaba, Andreas había surgido de la nada y había necesitado decir solo «fuera», para que los matones desaparecieran.

Con su habitual calma Andreas se limitó a decirles que él hablaría con el jefe de los matones y les aconsejó que se fueran de Creta hasta que él les anunciara que podían volver sin correr peligro. Ellos habían obedecido sin hacer preguntas.

Al volver a casa, aunque seguía asustada, Naomi se había sentido desilusionada de que el único hombre que le interesaba fuera también él único que no pareciera interesado en conocerla.

Nadine había dicho que su aparición justo cuando lo necesitaban tenía que significar algo, que quizá los había seguido. Y había insistido en que la siguiente vez que coincidieran, si él no hacía nada, debía ser Naomi quien diera el primer paso.

Como no tenía fe en las fantasías románticas de su hermana, Naomi se sorprendió y se alegró al encontrar a Andreas en su oficina, unos días más tarde, hablando con Malcolm. Una vez más, la había mirado fijamente, pero no había hecho nada por conocerla mejor. Así que Naomi había seguido el consejo de Nadine y le había invitado a cenar. Fue entonces cuando Andreas le dirigió su famosa advertencia, rechazando la invitación.

Mortificada, Naomi le había contado lo sucedido a Nadine, pero esta había insistido en que quizá Andreas había sido honesto y que, al advertirla, estaba siendo considerado.

Naomi conocía la fama de Andreas de ser un hombre de hielo, sin sentimientos ni amistades, cuyos únicos objetivos eran acumular éxito y riqueza. En cuanto a las mujeres, solo se le conocían relaciones de una noche.

Pero nada de eso la había desanimado ni había disminuido el anhelo que despertaba en ella. Así que había insistido.

Y Andreas había accedido. Aunque, como si quisiera ponerla a prueba, había insistido en encontrarse en la suite de su hotel, una invitación que Naomi, convencida de que no corría el peligro de sentirse implicada emocionalmente, había aceptado sin titubear.

Sin preámbulos, Andreas le había hecho saber que nunca había deseado a nadie tanto como a ella, pero que la había evitado porque sospechaba que no podría manejar la situación. Sus premonitorias palabras y la advertencia de su insaciabilidad solo fueron el anticipo de algo que Naomi descubrió más tarde: su total egoísmo e insensibilidad.

Pero Naomi no podía culparlo de nada. Él había dejado sus términos brutalmente claros. Si se quedaba, la devoraría. Sin embargo, más allá de la pasión y del placer, no tenía nada que ofrecerle.

Embriagada de deseo y osadía, Naomi le contestó que eso era exactamente lo que quería.

Desde la muerte de su madre se había hecho responsable de su hermana pequeña, convirtiéndose en una adulta prematuramente. Nunca había tomado un paso sin medir todas las consecuencias. Pero había deseado a Andreas en cuanto lo vio y por primera vez en su vida fue incapaz de mantener alguna cautela. Así, empezando aquella misma noche, se había entregado a un apasionado romance que había superado cualquier fantasía que hubiera soñado. El sexo entre ellos era, también para él, según decía, espectacular.

Pero pronto se había dado cuenta de que no podía ignorar sus sentimientos y que se había mentido al aceptar los términos que Andreas había impuesto. Aparte de su incapacidad para querer, Andreas había sido todo lo que ella admiraba y amaba en un hombre. Que además fuera un amante excepcional hizo imposible que ella no se implicara emocionalmente. Mientras hacían el amor, se había engañado a sí misma por su pasión y por su dedicación como amante, llegando a creer que sentía algo por ella. Hasta que Andreas salía de la cama y volvía a ser el hombre de hielo.

Tuvieron que pasar cuatro meses antes de que Naomi supiera que se había equivocado al pensar que podría mantener los términos del acuerdo. Entonces tomó la decisión de romper la relación, decidida a conservar exclusivamente un buen recuerdo en lugar de esperar a que se deteriorara.

Andreas no hizo el menor ademán de detenerla, sino que se limitó a...

–Christos te manda recuerdos.

Naomi se sobresaltó al oír la voz de Andreas, que la devolvió bruscamente al presente.

–Dile que se los devuelves porque no has podido dármelos. Y cuando los tenga, ya sabe qué hacer con ellos.

Andreas enarcó las cejas con gesto divertido.

–Le sorprenderá que una dama tan educada como tú pueda ser tan… grosera. Y más teniendo en cuenta cuánto te aprecia.

Claro. Por eso había intentado comprarla como si fuera parte de un acuerdo empresarial.

–El sentimiento no tiene nada de mutuo.

–Eso solo incrementará su interés por ti. Para lo mayoría de los hombres, es lógico que una diosa como tú no corresponda a su interés, y que se mantenga fría y distante.

Andreas guardó el teléfono.

–Comprendo que me rechaces a mí, pero, ¿por qué sigues enfadada con Christos cuando hace tiempo que resolviste vuestro conflicto?

Haciendo acopio de la poca energía que le quedaba, dijo:

–Escucha, estoy segura de que no has venido ni a charlar de dinero ni sobre tus amigos blanqueadores de dinero; ni siquiera para hacer una demostración de tu poderío sexual…

–No pretendía tocarte, al menos en este encuentro. Pero se ve que nada ha cambiado entre nosotros. Se ve que no podemos estar juntos sin arder en deseo.

–Basta, Andreas –dijo con firmeza–. Di de una vez a qué has venido.

Andreas la miró fijamente en silencio hasta que Naomi temió perder los nervios. Entonces, pausadamente, inclinó la cabeza y dijo:

–He venido a por Dorothea.

Capítulo Tres

Naomi se puso en pie de un salto.

–¿Qué tipo de broma macabra es esta? –preguntó, furiosa.

Andreas se levantó pausadamente y, mirándola fijamente, dijo:

–No es ninguna broma. Cuando Petros me llamó...

–No acudiste.

–No era eso lo que quería, sino...

–Me da lo mismo para lo que te llamara. Dora es mía.

–Dorothea es de Petros.

Naomi sintió el corazón latirle con tanta fuerza que temió que le fuera a estallar.

–¡Y de mi hermana! –gritó.

Pero había trascurrido tan poco tiempo desde la muerte de Nadine y había estado tan abatida, que no había comenzado el proceso de adopción. Entre otras cosas, porque no había dudado ni por un segundo que fueran a concedérsela.

–Petros era hijo único, así que, al morir sus padres, yo soy la única familia de Dora –dijo, airada.

–Petros quería que la adoptara yo.

Naomi sintió que la cabeza le daba vueltas.

–No creía que fuera posible, pero está claro que tu crueldad no tiene límite. ¡Cómo puedes ser tan perverso!

–Lo que opines de mí me es indiferente –dijo él con una heladora calma–. La cuestión es que el padre de Dora, Petros, quería que yo cuidara de ella.

Naomi lo observó por unos segundos y al darse cuenta de que no bromeaba, estalló en una carcajada histérica.

–Comprendo tu perplejidad. Pensaba haberte dado la noticia menos bruscamente, pero desde que has llegado has actuado con una total hostilidad.

–Claro, ha sido mi culpa. Fui yo quien te torturó durante seis meses antes de concederte el divorcio; o quien desatendió la llamada de un amigo moribundo. Soy yo quien en este momento te amenaza con llevarse a tu bebé cuando siempre dijo que no quería tener hijos.

–Ya no importa lo que yo quiera.

–Pero sí lo que hagas o dejes de hacer. Y asumo que preferirías tener un hijo propio que adoptarlo.

Andreas tuvo la osadía de resoplar con sorna. Pero Naomi contuvo las ganas de arañarle la cara porque estaban tratando algo demasiado importante como para dejarse llevar por un impulso. Debía recurrir a todas sus dotes diplomáticas.

–Escucha, Andreas, si te sientes culpable y crees que en memoria de tu amigo debes hacer algo por su hija, olvídalo. Petros ha muerto, y nada que hagas puede cambiar eso. No tienes ninguna responsabilidad respecto a Dora y ella está perfectamente conmigo.

–Estoy seguro de que eres una tía ejemplar…

–Soy más que eso. Yo la parí.

Con aquella palabras, Naomi tuvo la sensación de que se quedaba sin aire. No creía que Andreas lo supiera, así que se apresuró a explicar:

–Nadine y Petros anhelaban tener un hijo, pero Nadine no podía llevar a término el embarazo, así que lo tuve yo por ellos; Dora es mía en todos los sentidos.

–Lo sé –dijo Andreas, tan impasible como de costumbre–. Pero esa no es la cuestión. Lo que importa es lo que Petros quería.

Naomi hizo un esfuerzo sobrehumano para mantener la calma.

–¿Cuándo te hizo esa petición? ¿En la llamada en la que, según tú, no te pidió que fueras a verlo antes de morir?

–Eso es lo que he intentado explicarte antes de que me interrumpieras. Petros no me pidió que fuera a verlo, sino que me ocupara de Dorothea.

–Esto es cada vez más extraño. ¿Has tardado tres meses en cumplir tu promesa?

–Sabía que contigo estaba salvo.

–Pues si no había prisa, tampoco la hay ahora, así que puedes volver donde sea que hayas estado los últimos cuatro años.

–No pienso hacerlo.

–Solo fue algo que Petros te dijo.

–Algo que escribió. Está en su testamento.

Naomi recibió la noticia como una bofetada.

–Eso solo es posible si Petros estaba en estado de shock tras el accidente, al enterarse de que Nadine había muerto –dijo cuando salió de su perplejidad–. Aun así, no comprendo por qué pensó que serías mejor tutor para Dora que yo.

–No me pidió que fuera su guardián, sino que le diera mi apellido.

Naomi se quedó muda. Retrocediendo, horrorizada, se dejó caer en un sillón. Pero la rabia le devolvió la energía.

–Esto es absurdo. Aunque Petros me quería, sé que te quería a ti más, por muy incomprensible que me parezca. Pero, ¿cómo pudo pensar que Dora fuera a estar mejor contigo que conmigo cuando soy su segunda madre? ¿Cómo pudo creer que tú la cuidarías mejor que yo? Solo tendría sentido si quisiera que te responsabilizaras de ella económicamente, aunque sabía que tampoco en ese campo yo necesitaba ayuda.

Naomi intentó acallar la indignación que amenazaba con ahogarla. Pero añadió:

–Tú, que no has sido capaz de cuidar a ningún ser vivo, ni siquiera a una planta. Tú, que odias a los niños.

–Yo no he dicho nunca que odiara a los niños, solo que no quería tenerlos. De haber podido elegir, seguiría opinando lo mismo, pero ahora no tengo opción. Petros lo dejó muy claro en su testamento y pienso cumplir sus deseos.

–Y yo te digo que no te molestes, porque voy a conseguir que ese testamento se anule. Petros lo redactó al borde de la muerte y no estaba en condiciones de tomar decisiones.

–Redactó el testamento siete meses antes del accidente, en cuanto nació Dorothea.

Naomi sintió que el mundo colapsaba a su alrededor.

–¡No te creo! De ser verdad, su abogado me habría informado.

–Petros usó a mi abogado y me lo envió directamente. Me pidió que no te lo dijera hasta poder hacerlo en persona.

Andreas fue acercándose a Naomi a medida que hablaba, y esta lo percibió como una ola que estuviera a punto de aplastarla. Una vez llegó a su lado, Andreas se agachó lentamente y ella se echó hacia atrás instintivamente por temor a que fuera a tocarla.

Pero Andreas se limitó a tomar el maletín que estaba a los pies del sillón. Incorporándose, lo abrió y sacó un documento que le dejó en el regazo a Naomi.

Ella bajó la mirada hacia lo que sentía como un peso; la mirada se le nubló, pero a medida que leía, la realidad fue haciéndose patente en todo su horror.

Andreas no mentía. Estaba allí escrito, palabra por palabra. Y Naomi sintió un puñal atravesándole el corazón. ¿Cómo era posible que Petros le quitara a Dora, su niña, para dársela a Andreas?

Tomó el documento con manos temblorosas, lo dejó sobre la mesa como si la quemara y miró a Andreas con ojos enrojecidos. Él la estaba observando fijamente, pendiente de cada gesto, registrando su reacción. Finalmente, dijo:

–Si quieres, puedes verificar la autenticidad del testamento.

–Lo dices como si fueras un falsificador profesional.

–En este caso, se trata de un documento auténtico –concluyó Andreas– ¿Por qué habría de hacer todo esto si fuera mentira?

–No lo sé. Serías capaz de hacerlo por vengarte de mí.

–En contra de lo que pareces creer, nunca te he guardado rencor ni he querido humillarte, aunque es evidente que no he sabido demostrártelo.

–¿Por qué será? ¡No consigo comprender que Petros te confiara a Dora en su testamento!

–Así que ahora lo crees.

–¡Ojala fuera falso! –Naomi apoyó la cabeza en las manos–. Solo se me ocurre que fuera una situación que no pensó que llegara a hacerse realidad. Después de todo, era más joven que tú.

–Me temo que, dos años después de casarse con Nadine, Petros descubrió que tenía una dolencia incurable del corazón.

Naomi alzó la cabeza bruscamente.

–¿Perdona?

–Cuando lo supo, dedujo que también la tenían su padre y su abuelo, y que por eso habían uerto cerca de los cuarenta. Por temor a que fuea una enfermedad hereditaria de os varones, cuando él y Nadine recurrieron a la fertilización *in vitro*, eligieron que el bebé fuera niña. Petros no quería tener hijos, por temor a dejar a Nadine viuda, pero ella lo anhelaba tanto que Petros cedió. Ya sabes lo difícil que era negarle algo a Nadine.

–Pero... pero si ella hubiera sabido lo de su enfermedad, no habría insistido.

–Ella lo supo, pero no te lo dijo a ti. Decidió que, puesto que la enfermedad no tenía por qué manifestare, debían vivir como si no existiera. Al final tuvo razón. No fue la enfermedad lo que lo mató, sino un conductor borracho.

Naomi se puso en pie. Saber que la habían dejado al margen la indignaba y le dolía.

–¡No puedo creer que Nadine no me lo dijera!

Andreas dio un paso hacia ella.

–No te sientas mal porque tu hermana pequeña, que pensabas que lo compartía todo contigo, no te contara algo tan importante. Nadine pensaba que ya tenías suficiente carga ayudándoles con sus problemas de fertilidad como para que sufrieras por algo que ella había decidido ignorar Y tenía razón. Al negarse a aceptar la enfermedad, vivieron plenamente.

–¿Hay algo más que no sepa?

–Petros quería que Dora tuviera una familia.

–Yo siempre fui la familia de Nadine y ella la mía. ¡Nunca necesitamos a nadie más! ¿En qué demonios estaba pensando Petros?

–Petros sabía que, de pasarle algo a él, Nadi[illegible] quedaría destrozada, y le parecía injusto dejar es[illegible] peso sobre ti.

–¿Te lo dijo él?

–Sí.

Naomi se llevó las temblorosas manos a los ojos.

–¿Y pensaba que tú eras el mejor apoyo para Nadine y para Dora? ¿Que podrías convertiste en su pilar?

–No discutí con él el papel que quería que cumpliera si es que fallecía.

–¿Y no te das cuenta de que no estás preparado para cuidar de una niña? ¿Qué familia vas a proporcionarle?

–Como bien sabes, tengo una familia numerosa.

–Con la que no te relacionas; a la que ni siquiera notificaste que te habías casado.

–Estoy dispuesto a cambiar en memoria de Petros.

Naomi alzó las manos en un gesto de desesperación.

–No tienes que molestarte. Dora tiene una familia. Yo y Hannah, mis amigos y mis compañeros de trabajo. Crecerá rodeada de gente afectuosa, y no necesita a alguien como tú, que no sabe nada de sentimientos ni de cómo cuidar a un niño.

–¿Has terminado? –dijo Andreas, tras un breve silencio–. Porque estoy dispuesto a aguantar que me critiques todo lo que quieras.

–¡Qué generoso! Ya he acabado, y quiero que te

vayas. Llévate el testamento y olvida que Petros lo redactara.

–No puedo. Petros era mi único amigo y sus deseos son sagrados para mí. No puedes hacer nada para detenerme, Naomi.

–Y yo lucharé para que anulen el testamento, argumentando que Petros no estaba en su sano juicio. Al saber que podía morir tomó decisiones cuestionables. Cualquier juez se dará cuenta de que no puedes ser un buen padre y te negará la custodia de Dora.

–Se ve que no sabes cómo funcionan los juzgados familiares. Yo tengo más dinero y poder que tú. Tengo muchas más probabilidades de que me den la custodia.

–Habrá que ver si el estatus se valora por encima de los vínculos sentimentales y la estabilidad emocional.

–Si se trata de ventajas e inconvenientes, tengo lo que es necesario para que la decisión sea a mi favor: el expreso deseo de su padre. ¿Tienes tú algo parecido de Nadine?

El corazón se le detuvo por un segundo. Nadine y ella no habían previsto una situación como aquella. Ni siquiera al perder a su hermana se le había pasado por la cabeza que alguien fuera a cuestionar su responsabilidad y derechos sobre Dora. Y menos aún que esa persona fuera Andreas. La noción era tan absurda que solo podía tratarse de una pesadilla.

–Puede que consigas a Dora, pero ¿te has planteado que harás una vez la tengas? La niña estaría mejor en un orfanato que contigo.

Andreas tomó el documento y lo guardó en el maletín.

–Una vez más, la opinión que tengas de mí es irrelevante. Dorothea es una Sarantos. Lo demás son formalidades que deberíamos resolver con el menor conflicto posible por el bien de la niña. Por muy pequeña que sea, estoy seguro de que percibirá la tensión si te empeñas en pelear.

Dando media vuelta, Andreas fue hacia la puerta, dejando atrás, como de costumbre, la destrucción.

Antes de salir de la habitación que había convertido en un campo de batalla, clavó una mirada heladora en Naomi y dijo:

–Si te lo propones, haré lo que haga falta para destruirte. No vale la pena que declares una guerra que tienes perdida.

Capítulo Cuatro

–¿Está completamente seguro, señor Davidson?

–Completamente. El señor Sarantos es el elegido como padre de Dorothea en el testamento y nada de lo que usted pudiera argumentar cambiaría las cosas. Lo más que podemos hacer es solicitar que usted tenga derecho a ver a la niña, y aun así, la decisión estará en manos del señor Sarantos y del juez.

Naomi tuvo que contener un resoplido. Davidson no tenía ni idea de lo que significaba pelear con Andreas porque había sido su hija, Amara, quien había llevado su divorcio. Amara había cumplido estrictamente con la discreción que le había pedido y Naomi no pensaba explicarle al padre de Amara a lo que se enfrentaba.

–Así que no tengo la menor posibilidad de conservar a Dora –dijo en un susurro.

–Me temo que no. De hecho, si yo fuera usted, evitaría llevar el asunto a juicio. Su única baza es convencer al señor Sarantos de que le permita seguir viendo a la niña.

***

Una hora más tarde, Naomi subía en el ascensor y, al mirarse en el espejo, se dio cuenta de que tenía aún peor aspecto que cuatro años atrás, al dejar a Andreas; incluso peor que tras la muerte de Nadine.

El timbre del ascensor la sobresaltó al llegar a su piso. Luego, se quedó paralizada ante la puerta de su apartamento, con las llaves en la mano. Los maravillosos sonidos de bebé que llegaban del interior y que normalmente la llenaban de alegría, hicieron que el corazón se le desplomara. La idea de perder a Dora era insoportable. La vida sin ella no valía la pena.

Apoyó la frente en la puerta y respiró profundamente para contener las lágrimas. Debía calmarse antes de entrar para no trasmitirle su ansiedad a Dora. La niña registraba cada una de sus reacciones, y no podía exponerla a la angustia que sentía en aquel momento.

Toda la culpa era suya, por haberse dejado llevar por el deseo por Andreas, olvidándose de la lógica y de su propia dignidad. Pero aún había sido peor cuando, tras haber escapado una primera vez apenas herida, había vuelto a su lado al prometerle lo que jamás hubiera soñado: matrimonio. Y ella había caído en sus brazos.

Incapaz de acabar con la adicción que le despertaba, había accedido a las condiciones que él había impuesto, como por ejemplo, que su boda no se hiciera pública y que solo lo supieran Petros y Nadine. De manea que el día de su boda se habían limitado a firmar unos documentos y a ir a almorzar con la hermana de ella y el mejor amigo de él. Andreas había tenido que marcharse antes de terminar para acudir a una reunión, pero ella no lo había tenido en cuenta porque, por la noche, habían alcanzado nuevas cotas de delirio.

El resto de su relación, Naomi se había dedicado a racionalizar lo irracional y a asumir como lógico que Andreas quisiera proteger su vida privada por encima de todo. Aunque aquella vida ni siquiera la incluyera a ella.

Andreas nunca la había llevado a su casa, siempre se encontraban en hoteles o en casas de alquiler; nunca acudían juntos a ningún acto, personal o profesional; y Andreas nunca hablaba ni del pasado ni del futuro.

Todo lo que había compartido con Naomi era que el famoso Arístides Sarantos era su hermano, pero había insistido en que había cortado toda relación con su familia... Y cualquiera que fuera la verdad, lo que Naomi sí sabía era que, actuando así, Andreas había evitado que su familia supiera de su existencia.

Y mientras Andreas y ella mantenían una peculiar relación, basada en el sexo, Nadine y Petros se habían hecho inseparables y habían acabado casándose.

De hecho, ser testigo de la intimidad y de los profundos sentimientos que había entre ellos, había sacado a Naomi de su trance, aunque durante un tiempo quiso convencerse de que tenía lo que quería, y de que tanto ella y Nadine, como Andreas y Petros, eran muy distintos.

Hasta que un día, Nadine le había contado los problemas que tenía para quedarse embarazada y al comentárselo por la noche a Andreas, este había reaccionado de una manera que jamás olvidaría. La había mirado con una frialdad heladora y le había dicho que si estaba insinuando que quería tener hijos, lo olvidara, porque él jamás sería padre.

Finalmente, Naomi se había visto obligada a admitir el vacío de su relación, y que para Andreas no era más que una compañera de cama.

Al día siguiente le pidió el divorcio. Asumiendo que reaccionaría con su acostumbrada indiferencia, Andreas la sorprendió con un ataque de ira.

Al marcharse, había estado segura de que Andreas no haría el menor esfuerzo para retenerla. Y había estado en lo cierto. En cambio, le había enviado a sus sabuesos legales para que la torturaran durante seis meses, antes de dignarse a dejarla ir.

Si ella no hubiera acudido por segunda vez junto a Andreas, Nadine no habría conocido a Petros y no se habría iniciado la cadena de catástrofes que habían desembocado en la terrible situación en la que se encontraba en aquel momento. Pero entonces, tampoco existiría Dora, y aunque solo fuera por ella, Naomi no podía arrepentirse de nada de lo que había hecho.

Incorporándose, tomó aire y entró en el apartamento.

Dora estaba en el suelo, jugando con Hannah.

Loki y Thor, sus gatos, las observaban desde el sofá.

En cuanto Dora vio a Naomi, gateó hacia ella. Siempre le emocionaba ver los ojos azules de la niña, que tanto le recordaban a Nadine. Pero en aquella ocasión, la total confianza y dependencia que vio en su mirada, hizo que los ojos se le humedecieran.

–Cariño, cariño mío…

Todo el amor que sentía por Dora, el bebé que había llevado en sus entrañas nueve meses y que era lo único que le quedaba de Nadine, la asaltó. Corriendo hacia ella la tomó en brazos y la estrechó con fuerza. Dora dio un gritito de alegría y se abrazó a su cuello, mientras Naomi aspiraba el aroma de su piel y de su cabello con el corazón palpitante.

Hannah se levantó lentamente con una amplia sonrisa, que se borró de su rostro en cuanto vio la expresión de Naomi.

Manteniendo un tono animado para evitar alterar a Dora, preguntó:

–¿Qué pasa, Naomi? ¿Tiene que ver con la visita del señor Sarantos?

Naomi se planteó decirle la verdad, pero no tenía sentido preocupar a Hannah cuando no podía hacer nada por ayudarla.

–Es solo que verlo me ha hecho recordar el accidente y la muerte de Nadine y de Petros como si acabara de suceder –dijo, forzando una sonrisa.

Hannah suspiró.

–Es lógico, y te pasará a menudo. Pero por propia experiencia, tras perder a mi Ralph, te aseguro que el tiempo lo cura todo. Llegará un día en que al pensar en Nadine solo tengas buenos recuerdos.

Naomi asintió con tristeza, y cuando Dora empezó a impacientarse, la dejó en el suelo. La niña gateó velozmente, se sentó, y abriendo y cerrando la manita, le pidió que la siguiera.

Soltando una carcajada, Naomi obedeció, y durante las dos horas siguientes, se entregó plenamente a las actividades que se habían convertido en el eje de su vida: jugar con Dora, bañarla y alimentarla.

Tras echarla a dormir, declinó la oferta de Hannah de ver una película con la excusa de que tenía que trabajar, y fue a su despacho. Tomó el teléfono y marcó el número de Andreas.

–Naomi –la voz de Andreas sonó.

Naomi no sabía por qué le había llamado, cuando lo que debía haber hecho era salir huyendo con Hannah y Dora, haber tomado el primer vuelo. Pero también eso era absurdo. Andreas no habría parado hasta encontrarla y destrozarla.

–Perdona si te interrumpo haciendo algo importante –dijo precipitadamente.

Y al instante la asaltaron imágenes que solían perturbarla desde que dejara a Andreas, en las que este estaba rodeado de mujeres.

–Estoy en un descanso.

¿Entre una castaña y una morena? Después de todo, en una ocasión le había dicho que era la única rubia por la que se había sentido atraído.

–Te llamo para decirte que eres un monstruo –dijo finalmente–. Sé que lo que opine de ti te da igual, pero no se trata de una opinión, sino de un hecho.

–¿Algo más? –preguntó él, impasible.

Naomi habría querido insultarlo, protestar, rogar, pero se limitó a decir:

–¿Dónde te alojas?

–Lo sabes perfectamente.

Y súbitamente, Naomi lo supo: en el Plaza.

En su suite había pasado la primera noche y todas las que habían compartido cuando Andreas estaba en Nueva York. Descubrió que Andreas era dueño de una proporción importante del hotel. Como en tantas otras cosas, Andreas no había creído necesario darle ninguna explicación.

–¿Sigues usando alguno de tus alias, Thomas Adler o Jared Mathis? –preguntó.

Cuando le había preguntado por sus seudónimos, él le había explicado que era la única manera de mantener el anonimato. Aunque lo reconocieran en público, al menos así impedía que le siguieran el rastro.

–No, he usado mi nombre verdadero.

Naomi sintió que se le encogía el corazón. Puesto que ahora era aún más conocido y rico que antes, aquello no era una medida para pasar desapercibido, sino para que no se le relacionara con ella.

Sin decir palabra, colgó. No tenía sentido seguir hablando. Era el momento de pasar a la acción.

***

Quince minutos más tarde estaba delante de la puerta de la suite que tan bien conocía.

Tenía la sensación de que el tiempo se había detenido. El mismo conserje al que años atrás Andreas había confiado la discreción de sus encuentros, acudió nada más verla, dándole una calurosa bienvenida y entregándole la tarjeta que permitía el acceso exclusivo a la planta de la suite.

Guardando la tarjeta, Naomi llamó a la puerta. Esta se abrió. Andreas estaba en el umbral, descalzo, con el cabello reluciente, una camisa blanca abierta y unos vaqueros gastados que colgaban de sus caderas. Su torso era una escultura de músculos salpicados por la proporción perfecta de vello. Era el epítome del poder y la masculinidad.

Sus ojos de acero se clavaron en ella al tiempo que le dejaba paso y Naomi cruzaba el umbral como si un imán la atrajera hacia dentro. Él la siguió en el vestíbulo ovalado que daba acceso a las distintas habitaciones.

Al volverse, descubrió a Andreas mirándola con la intensidad que la derretía, pero que en aquella ocasión le hizo sentir asediada, atrapada.

–Estás actuando más deprisa de lo que esperaba. Es una suerte que no me haya metido en la ducha antes de que…

Naomi lo abofeteó con tanta fuerza que le dolió la mano.

–No vuelvas a pegarme –dijo él, imperturbable.

–¿O qué?

La mirada de Andreas bastó como respuesta. Actuando como si fuera una autómata, a cámara lenta y sin dejar duda de cuál era su intención, alzó la otra mano y le dio una bofetada en la otra mejilla.

Andreas mantuvo los ojos abiertos, devorándola con la mirada.

–Voy a dar un paso atrás, Naomi, por si no eres consciente de lo que estás haciendo.

Naomi asió su camisa con una mezcla de frustración y deseo. Él permaneció impasible, dejándola hacer. Entonces ella le golpeó el pecho, un muro de piedra. Le tiró de la camisa intentando que reaccionara. Pero él se limitó a mirarla, comunicándole con los ojos todo lo que tenía que decir, insinuando que no le daría lo que quería... por el momento.

Naomi hundió los dedos en su cabello y le dio un tirón. Un susurró escapó de los labios de Andreas, aprobando su violencia. Ella se alzó de puntillas y obligó a Andreas a inclinar la cabeza; entreabrió los labios, ansiosa por que él saciara la sed que padecía desde hacía tanto tiempo.

Pero él no cedió; aún no le satisfacía la oferta de Naomi. Tenía que ser tan definitiva como para que solo ella fuera responsable de sus acciones y de sus decisiones. Al contenerse, le estaba dejando saber que, como siempre, no se trataría de una responsabilidad compartida. Él solo tentaba y provocaba; dependía de ella que se lanzara o no al infierno. Igual que la primera vez… y todas las demás.

Con el cuerpo en llamas y la mente anestesiada, Naomi ya no tenía freno. Haría lo que fuera para que Andreas la arrastrara con toda la fuerza de su pasión. Frotó los senos contra su torso; apretó con movimientos sinuosos su pubis contra el sexo endurecido de Andreas.

Súbitamente, él la tomó por el cabello y le hizo inclinar la cabeza hacia atrás, a la vez que, en un susurró que le quemó los labios, dijo:

–Así es, Naomi. Así debe ser –y la besó.

Fue como una explosión, un *tsunami* de deseo, tan intenso que le hacía suplicar, rogar. Pronto estaba gimiendo al sentir la invasión de su lengua en la boca, ocupándola, poseyéndola.

Por un segundo, Andreas rompió el beso, pero solo el tiempo necesario para empujarla contra la pared y recorrer su cuerpo ansiosamente, desnudándola en su recorrido. Sus ojos se oscurecieron cuando cubrió sus senos desnudos con las manos; tras dedicarles una breve atención, se arrodilló, le bajó las bragas y la tomó en su boca, ya húmeda y lista para él. Naomi supo que una caricia más de su lengua le provocaría el orgasmo. Pero no era eso lo que quería; lo quería a él.

–Por favor…

Como siempre, Andreas supo lo que le pedía. Incorporándose, atrapó su súplica en un beso ardiente a la vez que la levantaba y sujetaba sus piernas alrededor de su cintura, antes de liberar su sexo en erección.

Una nueva súplica escapó de los labios de Naomi cuando Andreas le hizo sentir su miembro en su delicado núcleo y una sacudida eléctrica se propagó por su interior. Andreas se ayudó con los dedos, y de un diestro y preciso movimiento, se hundió en ella. La brusquedad de su invasión la tomó por sorpresa, y Naomi colapsó en sus brazos.

Andreas mascullló:

–Demasiado tiempo. Demasiado.

Le mordió el hombro con suavidad y se retiró. Naomi se asió a su cuello como si perdiera la vida, anhelando que volviera. Andreas obedeció, adentrándose aún más profundamente, dejándola sin aliento mientras su interior acogía su enorme sexo y se amoldaba a él.

Entonces Andreas comenzó a mecerse con una creciente velocidad. Cada vez que se retiraba, Naomi creía agonizar; con cada invasión, se aproximaba al éxtasis. Sus gemidos se convirtieron en gritos. Con cada empuje, Andreas susurraba su nombre, en una letanía que acompañaba al sensual sonido de sus cuerpos entrechocando. El olor a sexo actuó como un afrodisiaco; el roce del duro miembro de Andreas en el interior de Naomi se fue convirtiendo en un abrasador infierno de placer que finalmente amenazó con consumirla. Necesitaba... Por favor...

Andreas adivinó una vez más lo que quería, la velocidad y la fuerza justa que la haría estallar. Hasta que su cuerpo se sacudió con la fuerza de una explosión y su interior se contrajo en torno a él una y otra vez. Entonces él repitió su nombre y acompañó las convulsiones de Naomi con su propia liberación, llenándola de su ardiente fluido, arrastrándola todavía un poco más allá, hasta que saciada, plena, quedó laxa en sus brazos y, en una nebulosa, oyó susurrar a Andreas:

–No ha sido bastante, *agápi mou.*

E instintivamente alzó la cabeza al oírle llamarla «mi amor», como solo hacía durante el sexo.

Andreas la echó sobre la cama. Su perfume impregnaba las sábanas. Andreas volvió al instante junto a ella, tras haberse desnudado precipitadamente.

Separándole las piernas, le hizo doblar las rodillas y, arrodillándose ante ella, la penetró de nuevo a la vez que la besaba frenéticamente. Naomi había creído estar exhausta, pero a medida que él se movía fue elevándola de nuevo a la cima del deseo, y su cuerpo quiso más, más fuerte, más rápido.

Andreas exploró cada milímetro de su cuerpo con sus manos, sus labios y sus dientes, sin dejar de mirarla ni un instante. Y sentir sus ojos clavados en ella convertía cada caricia en una descarga eléctrica, cada mordisco, cada empuje, en un agónico placer.

Pronto, Naomi alcanzó de nuevo el orgasmo con la violencia de un torrente que llevaba cuatro años de sequía. Cuando llegó al clímax, él aceleró hasta acompañarla a los abismos del abandono.

Todo el cuerpo de Naomi vibró, contrayéndose una y otra vez en torno al pulsante sexo de Andreas como si quisiera extraer de él cada gota de fluido.

Tras un largo rato en silencio, jadeantes, Andreas la miró a los ojos y dijo:

–Ahora quiero saborearte.

Naomi parpadeó, confusa y desconcertada al sentir que su cuerpo volvía a prepararse para él. Su mal no tenía cura.

Andreas alargó la mano hacia la mesilla a la vez que le succionaba un pezón. Tomando el teléfono y tendiéndoselo, dijo:

–Llama a la señora McCarthy y dile que vas a pasar la noche fuera.

–Tengo que ir a casa –dijo Naomi con un nudo en la garganta.

–No. Solo hemos empezado.

Naomi lo empujó suavemente, intentando resistirse a sus caricias.

–Para, Andreas. Tenemos que hablar.

–Hoy no. Quizá mañana. O al otro.

–Andreas, por favor, tenemos que hablar.

Él alzó la mirada desde sus senos y, con una sonrisa sensual preguntó:

–¿De esto?

–De Dora.

La mirada de Andreas se endureció al instante y, sin mediar palabra, se levantó. Ella lo imitó, temblorosa, mientras él se ponía los pantalones.

–¿Es eso a lo que has venido? –preguntó él con aspereza. ¿Qué pretendías, sobornarme?

–Eres tú quien me ha chantajeado.

–No recuerdo haberlo hecho.

–Aunque haya sido implícitamente, estaba muy claro.

–Se ve que te has olvidado de cómo soy. Sabes que nunca actúo con indirectas. De haber querido chantajearte, lo habría hecho.

Desesperanzada, Naomi dijo precipitadamente.

–Dejaste claro que seguía interesándote sexualmente y luego mencionaste a Dora, cuando sabes que haría cualquier cosa por conservarla.

–¿Incluso echarte en brazos de un tiburón? ¿Eso es lo que crees, que estoy aquí para extorsionarte por sexo, y que una vez lo consiga olvidaré el testamento de Petros?

–¿Qué quieres que crea? Es absurdo que pienses de verdad en llevarte a Dora –dijo Naomi con una reciente desesperación al ver por la expresión de Andreas que eso era precisamente lo que pensaba hacer–. Andreas, por Dios, sabes que no quieres un bebé y que no vas a poder proporcionarle el hogar y la familia que necesita.

Andreas se encogió de hombros.

–Puede que tengas razón. Por eso no tengo intención de quitarte a Dorothea.

–¿De-de verdad? –balbució Naomi.

Andreas se aproximó lentamente y dijo:

–No –antes de que Naomi pudiera dar un suspiro de alivio, posó una mano en uno de sus senos y añadió–: Voy a llevarte conmigo. ¿Creías que bastarían un par de revolcones para convencerme?

Asumiendo que acabaría accediendo a las condiciones de Andreas y a la tentación que representaba, Naomi preguntó:

–¿Cuántos revolcones serían necesarios?

Andreas enarcó una ceja.

–Recuerda que contigo soy insaciable. Mientras estuvimos juntos debimos hacerlo mil veces y no me bastó.

–¡Eso sería demasiado!

–¿No considerarías un número ilimitado? ¡Qué lástima!

–Está bien. Lo que quieras.

Ante su resignada aceptación, Andreas se separó de ella y la miró fijamente.

–La cuestión es, Naomi, que lo que quiero de ti no es solo servicios sexuales ilimitados –dijo.

Naomi lo miró fuera de sí, furiosa y ardiendo en deseo a un tiempo:

–¿Qué más quieres? ¿Mi alma?

Andreas hizo un amplio gesto con la mano.

–Puedes quedártela. Solo quiero todo lo demás. Lo que me des una vez volvamos a casarnos.

¿Dónde demonios estaba su otro zapato?

Naomi cojeaba por la habitación buscándolo. Aunque lo tuviera delante, no lo vería, porque estaba ciega de furia.

Lo necesitaba para huir de aquel monstruo.

–Está debajo del sofá.

Naomi se volvió y vio a Andreas observándola

con calma. Ella se lanzó hacia donde le había indicado y encontró el zapato, que había buscado allí mismo infructuosamente unos segundos antes.

En cuanto se lo puso, tomó el bolso y, maldiciendo entre dientes, fue hacia la puerta. Pero Andreas le bloqueó la salida.

–Por favor, déjame salir, no compliquemos más las cosas –dijo Naomi.

–Entiendo que con todos estos aspavientos tu respuesta es no.

–¡Aspavientos! –exclamó ella, pero se contuvo. Andreas era un provocador profesional. Hasta aquel momento la había tomado por sorpresa y había sido una víctima fácil. Pero ya no lo sería.

Respiró profundamente y, dominándose, habló.

–Escucha, Andreas, los dos sabemos que tenemos una química sexual excepcional, y que eso fue lo que nos atrajo desde el primer momento. Asumo la responsabilidad de lo que sucedió hace años: era joven e inexperta y tú fuiste mi primera aventura, mi primera pasión. Tú fuiste sincero con lo que querías, y yo en cambio confundí el deseo con los sentimientos y me cree expectativas erróneas.

Andreas la atendía como si memorizara cada una de sus palabras, pero Naomi sabía que eso no significaba nada. Tomó aire de nuevo y continuó:

–Como tú dejaste claro desde el principio lo que esperabas, no aceptaste que me marchara; supongo que pensaste que estaba justificado que me retuvieras porque estaba incumpliendo nuestro acuerdo. Estoy dispuesta a admitirlo todo. Ahora tienes una carta con la que obligarme a transigir y retomar un acuerdo que te resulta conveniente, pero yo ya no puedo. Sin embargo, estoy dispuesta a ser tu amante, sin ningún lazo sentimental, si con ello dejas a Dora en paz. Con ello, saldríamos ganando los dos. Pero no pienso aceptar ningún otro acuerdo.

–¿Por qué?

Naomi miró a Andreas perpleja.

–Porque no pienso volver a vivir una farsa contigo, y menos aún dejar que Dora quede atrapada en medio.

–Lo que acaba de pasar no tiene nada de farsa.

–Claro que no, porque era simplemente sexo.

–No hay nada de simple en que después de todo este tiempo siga deseándote. Y puesto que el sentimiento es mutuo, te pregunto de nuevo: ¿por qué?

–Porque el deseo no es suficiente. Hubo un tiempo en que te necesitaba más que el aire, y sin embargo, estar contigo fue lo peor que me pasó en la vida. Teniendo en cuenta que de pequeña perdí a mi madre y del dolor que ha supuesto perder a Nadine, imagínate hasta qué punto fui desgraciada contigo.

Andreas siguió mirándola con expresión vacía y Naomi se dio cuenta de algo súbitamente. Cuanto más impertérrito permanecía, más afectado y sorprendido se sentía en el fondo.

Pero eso daba lo mismo. Lo único importante era que se retractase de su petición.

–Acceder a algo tan perturbador para mí –continuó Naomi, tiñendo su tono de la mayor calma posible–, afectaría mi capacidad de cuidar a Dora. Y eso no puede suceder.

Tras una pausa, Andreas exhaló bruscamente y dijo:

–Si estás dispuesta a acostarte conmigo, no entiendo por qué crees que casarnos puede perturbar a la niña.

–Pues es lógico. Incluiría una serie de adaptaciones prácticas y legales que lo complicaría todo. Solo puedo ofrecerte sexo sin ataduras. De hecho, eso es lo que tú quieres.

–Ya te he dicho que yo quiero que nos casemos.

–¿Por qué? –preguntó entonces Naomi.

–Porque ya no me interesa el sexo sin vínculos –dijo él, encogiéndose de hombros–. Ahora tengo que pensar en Dorothea.

–Te equivocas. Dora no es tuya, sino mía.

–Según el testamento de Petros, no.

Naomi hizo un esfuerzo sobrehumano por dominar su ansiedad y su rabia.

Andreas era un tiburón que acudía donde había sangre; y en aquel momento ella, con su vulnerabilidad y su desesperación, era el mejor cebo. Apelar a su compasión tampoco la llevaría a ningún lado. Solo le quedaba una baza: apelar a su egocentrismo, a aquello que lo había elevado a lo alto de la escala de los depredadores.

Tomó aire y lo exhaló lentamente.

–No creo que hayas reflexionado sobre esto lo suficiente, Andreas. Quizá pienses que con poder y riqueza es fácil cuidar a un niño. Pero no sabes hasta qué punto un pequeño te cambia la vida. Si te lo plantearas dejando a un lado tu sentido del deber, y tu orgullo, admitirías que no puedes asumir la responsabilidad de un niño.

–Y lo he admitido.

–¿Y qué vas a hacer, dejarla en manos de una niñera y de una sucesión de tutores privados para luego mandarla interna a un colegio de élite mientras tú sigues con tu vida como si no existiera?

–Desde el principio he asumido que os tendría a las dos.

Naomi se quedó boquiabierta.

–Pues ya puedes cambiar de idea. Te he hecho una oferta y no pienso cambiarla.

Andreas inclinó la cabeza como si aceptara su negativa. Luego se echó a un lado para dejarla pasar.

Naomi fue precipitadamente hacia la puerta de salida con él siguiéndole los pasos. Cuando estaba a punto de salir, Andreas dijo:

–Haré que mi chófer te siga.

Algo en el tono de Andreas hizo que Naomi se volviera, y se arrepintió al instante. Ver de nuevo su torso desnudo y recordar lo que acababa de pasar entre ellos le cortó el aliento.

Andreas le abrió la puerta.

–Te acompañaría yo mismo, pero ya hemos discutido bastante por hoy –dijo. Y sin previo aviso, atrapó a Naomi en sus brazos y la besó.

Naomi sintió la sangre hervirle de deseo y temió terminar suplicándole que volviera a poseerla. Pero cuando asimiló lo que él le susurró a continuación, se liberó de su abrazo y exclamó:

–Eres un monstruo.

Y se fue sin mirar atrás.

Capítulo Cinco

Naomi llegó al despacho al día siguiente sin haber pegado ojo y con las últimas palabras de Andreas todavía resonando en su cabeza: «Pienses lo que pienses de nuestro matrimonio, terminarás accediendo a mis términos. No pienso dejarte ir».

Lo primero que hizo fue llamar a su abogado, que solo confirmó lo que ya le había dicho, que no tenía nada que hacer contra Andreas.

Después de una hora de angustia en la que barajó una y otra vez las posibilidades que tenía de evitar el chantaje de Andreas, tuvo una idea. Cuanto más la consideró, más se convenció de que era su única esperanza. Tenía que conseguir un aliado tan poderoso como el propio Andreas, alguien que tuviera poder sobre él.

Y solo un hombre cumplía esa condición: Arístides Sarantos, el hermano mayor de Andreas.

Una hora más tarde Naomi entró en las oficinas de Sarantos Shipping, aturdida por la prontitud con la que había conseguido aquella cita.

Naomi había improvisado ante la persona que respondió al teléfono, un tal Dennis, anunciando que se trataba de un asunto de vida o muerte que afectaba al hermano de Arístides. El silencio que había seguido le había hecho creer que el hombre había colgado, pero finalmente Dennis le dijo que el hermano de Arístides había muerto.

Pero entonces Dennis rectificó, diciendo que debía referirse al señor Andreas y no a Leónidas; y se disculpó por no haber pensado en Andreas, porque hacía años que no tenían noticias suyas.

Naomi no sabía que Andreas tuviera otro hermano llamado Leónidas. Ni siquiera se lo había oído mencionar a Petros, pero estaba claro que este cumplía con severas instrucciones de Andreas para no proporcionarle ninguna información.

Finalmente, se puso al teléfono la asistente personal de Arístides quien, tras una consulta, le anunció que Arístides la recibiría en media hora.

Esperó en el suntuoso vestíbulo de entrada, mirando a su alrededor, hasta que una guapa mujer de veintitantos años e inmaculado traje azul se acercó a ella apresuradamente.

–¿Señorita Sinclair? –preguntó con una amplia sonrisa al tiempo que le tendía la mano–. Soy Cora Delaney, la secretaria del señor Sarantos. Sígame, por favor. Está esperándola.

Naomi la siguió a paso acelerado hasta un ascensor privado. De pronto no sabía qué hacía allí ni qué demonios iba a decirle a Arístides.

–Tranquila.

Naomi miró a Cora, sobresaltada al oír su voz, y solo entonces se dio cuenta de que asía la barra de apoyo del ascensor con tanta fuerza que tenía los nudillos blancos.

La secretaría la miraba con expresión comprensiva.

–El señor Sarantos puede ser amedrentador si se lo propone, pero cada vez se lo propone menos. Y hoy menos que nunca.

–¿Qué tiene hoy de especial?

–Está esperando a su mujer, la señora Sarantos –dijo Cora con una amplia sonrisa.

Señora Sarantos. También Naomi lo había sido en el pasado aunque nadie lo supiera. Y estaba allí para evitar volver a serlo.

Las puertas del ascensor se abrieron. Había llegado a la jaula del león.

Cora la precedió hasta el que debía ser su santuario personal y Naomi sintió que le temblaban las piernas.

Al girar una esquina lo vio al fondo de un elegante y austero despacho. A pesar de que Naomi lo había visto en fotografías, la realidad superaba cualquier impresión que pudiera causar en papel. Como en el caso de Andreas, decir que era guapo no le hacía justicia. Los dos eran la personificación del poder, de la masculinidad en forma humana.

Ambos tenían los ojos y la piel del mismo color, aunque Arístides era más moreno y tenía algunas canas, mientras que el cabello de Andreas tenía toques dorados.

Aparte de la similitud física, Naomi percibió una diferencia que no supo definir. Cuando Arístides se levantó de su escritorio y fue hacia ella con gesto impenetrable, Naomi sintió una turbación distinta a la que le causaba Andreas. Tuvo la sensación de que hurgaba en su interior y calculaba hasta qué punto era verdad la excusa de que tenía algo que compartir acerca de su hermano.

Antes de que llegara a estrecharle la mano, Naomi oyó una suave llamada a la puerta, seguida de pisadas amortiguadas por la moqueta.

Sintiéndose como una intrusa, Naomi fijó la mirada en Arístides y le impactó el cambio que percibió en su expresión. Toda pasión y sentimiento se reflejó en sus ojos; la alegría de ver a su esposa era palpable.

–Selene, *agápi mou*…

Era el cariñoso apelativo que Andreas solo le dedicaba a ella en el clímax de la pasión física, pero que en Arístides sonaba sincero. Selene era afortunada.

Excusándose, Arístides pasó de largo.

Naomi quiso evitar ser testigo del beso del hombre que parecía tan entusiasmado de ver a una mujer de la que se había despedido hacía apenas unas horas. Pero al pensar que podía ser de mala educación no saludar a la señora Sarantos, se volvió, a tiempo de ver el final de un apasionado beso.

Cuando Arístides la miró de nuevo, Naomi supo cuál era la gran diferencia con Andreas. Aunque bajo Arístides se percibía la turbulencia de las aguas de Creta, las había conquistado. Aquel era un hombre que había escapado de la oscuridad, un hombre sereno y satisfecho: feliz.

Y era evidente que eso no había sucedido solo por Selene, pero sí con su ayuda y apoyo. Un hombre como Arístides no podía alcanzar aquel nivel de implicación y dependencia si no confiaba plenamente en un igual que le ofreciera el compromiso de la misma profundidad y solidez. Naomi tuvo la certeza de que Arístides daría la vida por su mujer, y que su devoción era correspondida.

Naomi había creído en el pasado que ella y Andreas podían compartir ese tipo de alianza, pero él se había empeñado en demostrar lo que le había dicho que era: un hombre incapaz de implicarse emocionalmente.

¿Cómo podían dos hermanos ser tan distintos? ¿Cómo podía uno sentir tan intensamente y ser el otro tan insensible?

Arístides presentó a su mujer en primer lugar:

–Señorita Sinclair, esta es mi esposa, Selene.

Selene Sarantos era como una diosa, alta y voluptuosa, con una cascada de cabello negro y los ojos azules más bonitos que Naomi había visto nunca. No era hermosa, era... espectacular.

Selene le tendió la mano. Que no le inquietara encontrar a su marido con una mujer, o que tuviera como ayudante a una mujer tan atractiva como Cora, demostraba la seguridad que tenía en sí misma y en el afecto de su marido.

–Encantada de conocerla, señora Sarantos –dijo Naomi.

–Llámame Selene, por favor. Solo soy la señora de Sarantos en público –dijo ella con una risa cantarina.

–Eres Louvardis-Sarantos, querida –dijo Arístides.

Selene rio nuevamente y, dirigiéndose a Naomi, dijo:

–¿Renunciarías a un apellido como Louvardis si pudieras conservarlo?

Estableciendo la conexión, Naomi sacudió la cabeza.

–Si te refieres al famoso Louvardis de Louvardis Enterprise, yo tampoco querría perderlo. Pero sobre todo, porque es un apellido precioso.

Selene dirigió a su marido una sonrisa chispeante y afectuosa.

–¿Lo ves?

–Claro que lo veo –dijo él, mirándola con igual dulzura.

Y Naomi dedujo que el tema no causaba la menor fricción entre ellos. Era evidente que Arístides quería que su mujer fuera feliz y que le enorgullecía que quisiera conservar su identidad como tributo a su familia.

–¿Nos sentamos, señorita Sinclair? –dijo entonces Arístides.

–Naomi, por favor, señor Sarantos –dijo ella.

–Y yo seré Arístides dependiendo del motivo de su visita –dijo él, mirándola fijamente antes de tomar asiento. Tras una pausa, añadió–: Por favor, relájese.

Naomi dejó escapar una risita nerviosa.

–La señorita Delaney me ha dado el mismo consejo, diciéndome que no tenía nada que temer, entre otras cosas porque se esperaba la visita de la señora Sarantos.

La sonrisa que iluminó el rostro de Sarantos la dejó sin habla. Era espectacular.

–Tengo que reconocer que ha tenido mucha suerte. Selene está tan ocupada con nuestros hijos y con su empresa que apenas me visita. Así que es cierto que me encuentra de un humor excepcional, aunque dado que se trata de Andreas, dudo que me alegre saber lo que viene a contarme. Tampoco parece que le resulte fácil decirlo. Así que lo mejor es que lo haga sin rodeos.

Naomi miró a Selene titubeante, pero Arístides dijo:

–Puede hablar delante de mi mujer.

Selene le dirigió una mirada severa e intervino:

–Si lo prefieres, me iré.

Naomi se inclinó hacia Selene, que hizo ademán de ponerse en pie.

–No, por favor, quédate. Lo he dicho por el señor Sarantos. Prefiero que estés.

–Supongo que para que suavice las cosas –dijo Selene con una sonrisa, al tiempo que volvía a acomodarse junto a su esposo, que le tomó la mano automáticamente.

Naomi tomó aire y se lo contó todo. Ambos la escucharon atentamente, aunque sus reacciones fueron diametralmente opuestas.

Mientras Selene parecía cada vez más compungida, como si se pusiera en el lugar de Naomi e imaginara lo que sentía al ver el futuro de su hija en riesgo, Arístides fue enfadándose progresivamente, hasta enfurecer.

Era evidente que tenía un carácter protector y que le indignaba que se ejerciera fuerza contra alguien débil, y más si se trataba de una mujer. Que el ejecutor fuera además su hermano, del que, obviamente, no tenía una buena opinión, incrementaba su ira, como si la conexión familiar afectara directamente a su honor.

Para cuando Naomi terminó, Arístides mantenía una fachada de indiferencia bajo la que se podía intuir un volcán en erupción, tan peligroso, que Naomi estuvo a punto de salir en defensa de Andreas. Después de todo, ella quería salvar a Dora, pero en el proceso no pretendía que Andreas saliera perjudicado.

Arístides se puso en pie y ella lo imitó a punto de deshacerse en excusas. Pero él no le dio la oportunidad de hacerlo porque, tomándole las manos, dijo:

–Naomi, no tienes de qué preocuparte. Petros era como un hermano pequeño para todos nosotros. No sé cómo expresar cuánto siento no haber sabido de su boda con tu hermana ni de su muerte. Pero ahora que sé que tuvo una hija, te aseguro que es tan importante para mí como cualquiera de mis sobrinos. No consentiré que nadie perturbe su vida o la tuya. Déjalo en mis manos.

Después de darle las gracias y recibir el apoyo añadido de Selene, Naomi se fue sumida en la confusión, y rogando no haber abierto un abismo entre los dos hermanos.

Pero ya no había marcha atrás. Arístides era su aliado; gracias a él ganaría tiempo para negociar unos términos que se le hicieran soportables y conseguir que Andreas cambiara sus condiciones. Sin embargo, también cabía la posibilidad de que las circunstancias se volvieran en su contra y la situación empeorara aún más.

Incapaz de evaluar la cadena de sucesos que había puesto en movimiento, solo le quedaba rezar para que se resolvieran causando el menor perjuicio para todos los implicados. Y que Dora y ella quedaran a salvo de los ataques de Andreas.

Capítulo Seis

Andreas se detuvo ante el edificio junto al que había pasado tantas veces en los últimos años, pero en el que no había entrado nunca: las oficinas centrales de su hermano mayor, el mismo que le había llamado hacía una hora exigiéndole que fuera a verlo al instante.

Andreas había estado a punto decirle que no recibía órdenes, hasta que se había dado cuenta de que la convocatoria tenía que ver con Naomi.

Era la única explicación. Arístides solo le había llamado cuatro veces: para el funeral de Leónidas, para su boda y para el primer cumpleaños del hijo de su hermana pequeña, Calíope, que había coincidido con su boda. Andreas solo había acudido a la boda de Calíope.

Que se hubiera producido otro acontecimiento familiar un día después de que Naomi huyera de él diciendo que era un monstruo, habría sido demasiada coincidencia. No, la inesperada y agresiva llamada de Arístides tenía que haber sido instigada por Naomi, que debía haber pensado en Arístides como su último cartucho. No porque Arístides fuera su hermano mayor, sino por su implacabilidad. Si alguien podía plantarle cara, era Arístides. Y Naomi habría calculado que con su intervención, al menos ganaría tiempo para buscar una solución que le evitara una rendición total. ¡Qué astuta y fiera leona!

Sin embargo, la noche anterior se había rendido. Había volcado su gloriosa pasión en él. Le había pegado y mordido hasta que él le había dado lo que buscaba. Y había sido tan increíble como siempre. O más. Como si el tiempo que habían permanecido separados solo hubiera servido para avivar la intensidad del placer.

Pero en cuanto él se dio cuenta del motivo por el que se había entregado, se había enfriado, aunque solo temporalmente. Porque tanto él como Naomi sufrían del mismo mal, un deseo mutuo insaciable.

Con el paso del tiempo, se había enfadado tanto como Naomi, pero por razones distintas. Su furia tenía que ver con la imposibilidad de desintoxicarse de ella, con el hecho de que la necesitaba. Había acudido a reclamarla con la esperanza de curarse, de sentir una mera atracción.

Andreas había creído que rompiendo el ayuno y saciando su hambre podría volver a dominar sus impulsos. Pero había conseguido todo lo contrario; y el agudo deseo de poseerla que se le había despertado y lo consumía con una fuerza renovada.

Entró precipitadamente en el edifico y, por las miradas que recibió del personal, supo que era reconocido al instante y que se preguntaban qué extraordinario suceso explicaba la aparición del hermano pródigo.

–Señor Sarantos –al volverse, Andreas descubrió a una mujer que se aproximaba, sonriendo tímidamente, con la mano tendida–. Soy Cora Delaney. El señor Sarantos me ha pedido que lo acompañe a su despacho.

Andreas le estrechó la mano brevemente a la vez que notaba un destello de interés en los ojos de ella. Estaba seguro de que no miraba así a Arístides. Ni mucho menos con la seductora sonrisa que le dedicó a continuación y la expresión en la mirada con la que le indicó sin palabras que estaba abierta a cualquier proposición. Mirando hacia adelante y sin devolver la sonrisa, él se puso en marcha dejándole claro que él no lo estaba.

Era una mujer bonita, morena y esbelta. Años atrás habría sido su tipo y una vez ella hubiera accedido, habrían pasado una noche juntos. Pero había aparecido Naomi como un voluptuoso ángel de cabello dorado y ojos color turquesa, vulnerable y valiente; inocente e insaciable. Y todas las demás mujeres habían dejado de existir para él.

Naomi le había robado la libido desde la primera vez que la vio y era el genio que la custodiaba en una lámpara mágica de la que solo ella podía liberarla.

En aquel instante, acababa de liberar algo más: la ira de Arístides. Y lo mejor que él podía hacer era prepararse mentalmente para el inminente encuentro.

Solo entonces prestó atención a su alrededor. Todo el edificio llevaba el sello del carácter de Arístides, profesional, austero, sobrio, elegante y vanguardista.

En cuestión de minutos llegaron a su destino y la señorita Delaney lo dejó para que entrara solo en el despacho de su hermano.

Andreas giró la esquina de la que debía ser una sala de reuniones y vio a Arístides, de pie, como un monolito en medio de la gran habitación, con su reflejo proyectándose sobre el reluciente parqué como si fuese de otro mundo, un dios vengativo.

Algo se removió en el interior de Andreas ante la visión de su hermano; algo poderoso e irracional.

Debido a las decisiones que había tomado en su vida, apenas había conocido a su hermano pequeño, Leónidas. Confiaba en haberle dado a Petros lo que no le dio a él. Pero siempre había dudado si había hecho lo bastante, si no había llegado demasiado tarde. Ya ninguno de los dos vivía por culpa de sendos accidentes de tráfico. El de Leónidas había sido causado por él mismo, y afortunadamente no había provocado la muerte de nadie más. Arístides era el único hermano que le quedaba, la única figura masculina próxima él.

Ni siquiera estaban demasiado unidos, una vez más, por su culpa. Pero prevalecía un vínculo primario, una sangre común por la que se reconocía en Arístides y percibía su pureza y su poder.

Y aunque aquel magnífico ser lo miraba en

aquel momento con fría desaprobación, Andreas fue instintivamente hacia él y lo abrazó.

Arístides se quedó de piedra y no hizo el menor ademán de devolverle el abrazo. De hecho, apenas respiró.

Andreas no habría esperado otra reacción. Jamás antes había hecho una demostración de afecto espontánea a Arístides o a cualquier otro ser humano, ni física ni verbal.

Dando un suspiro, lo soltó y dio un paso atrás. Arístides lo observó como si estuviera en un trance. Luego sacudió la cabeza y fijó la mirada en Andreas.

–¿A qué ha venido eso? –preguntó con aspereza.

–Supongo que es lo que la gente llama un abrazo fraternal –dijo Andreas, encogiéndose de hombros.

–¿Desde cuándo los abrazos fraternales se aplican a tu especie, Andreas?

–Ha sido algo espontáneo. Dejémoslo –dijo él con otro encogimiento de hombros.

–¿Cómo quieres que lo deje si es la primera vez en la vida que me abrazas? ¿No ves que es un milagro?

–Y como milagro, no volverá a repetirse.

–Ha debido pasar algo. ¿Por qué me has abrazado?

Andreas resopló, volvió a abrazar a Arístides más brevemente y lo soltó.

–Ahí tienes. Te lo devuelvo. Haz como si no hubiera ocurrido. ¿Te sientes mejor?

–Si crees que voy a poder olvidarlo estás muy

equivocado. ¿Qué te pasa, Andreas? ¿Estás… enfermo?

Andreas rio con amargura.

–¿Crees que me voy a morir o algo por el estilo? ¿Piensas que me arrepiento por todo lo que me he perdido, por todo lo que no he hecho o dicho y que vengo a reconciliarme contigo antes de que sea demasiado tarde?

Su sarcasmo no afectó a Arístides, que siguió escudriñando su rostro.

–¿Estás bien o no? Si te pasa algo, dímelo ahora mismo –dijo, exasperado.

Andreas se llevó la mano al oído que Arístides casi había taladrado al elevar la voz.

–No ha sido más que un maldito abrazo y te lo he devuelto. ¿Qué tengo que hacer para que volvamos a nuestro habitual *estatus quo* de cero expectativas?

La frialdad se apoderó de la mirada de Arístides, y Andreas se reconoció en ella. Era el mismo gesto impasible que él había perfeccionado y que utilizaba tanto como arma como mecanismo de defensa, y que solo perdía en momentos de extrema turbación, es decir, con Naomi.

Arístides dio media vuelta y fue hacia un sofá. En cuanto Andreas llegó a su altura, le preguntó:

–¿Quieres que lo recuperemos?

–¿Te refieres a nuestro *estatus quo*? ¿Crees que hay un estado pre y otro postabrazo?

–Contesta –dijo Arístides con una mirada heladora–. ¿Quieres o no?

Andreas no estaba seguro de poder acostumbrarse a un escenario distinto al de la segregación. Suspiró.

–No hace falta que cambiemos nada.

–Yo creo lo contrario. Deben cambiar muchas cosas, empezando por ti.

–¿Lo dices porque eres mi hermano mayor y sabes qué es lo que más me conviene?

–Lo sé porque yo era como tú hasta hace unos años.

–Hasta que apareció Selene y te salvó de ti mismo.

A Andreas todavía le costaba creer que Arístides se hubiera enamorado, y más aún de la hija de su archienemigo. La relación había comenzado de manera tormentosa y se habían separado. En ese tiempo, ella había tenido su hijo, pero ni siquiera se lo había dicho. Cuando él quiso volver a su lado, ella le había hecho pasar por todo tipo de pruebas, pero Arístides, que era un perfeccionista, las había superado con creces. Y por lo visto, seguía superándose día a día. En el presente, tenían otra hija y su matrimonio parecía sacado de un cuento de hadas.

Para Andreas, todo ello resultaba un tanto edulcorado.

–Que te burles no lo hace menos real –dijo Arístides–. Es cierto que Selene me salvó, que sacó de mí lo mejor y me dio una segunda oportunidad en la vida.

–Entonces, yo no tengo remedio, porque según

tú, no hay nada en mi interior que merezca ser rescatado.

–Yo pensaba lo mismo, pero por lo visto no importa tanto lo que uno piense como lo que otra persona crea; y tú no eres tan tonto como para dejar pasar una oportunidad así.

–Tú nunca has sido tan malo como yo, Arístides. Recuerda que soy un caso excepcional –Andreas sacudió la cabeza–. No puedo creer que estemos hablando de esto por un simple abrazo. Tampoco es la primera vez que te doy uno.

–La última vez tenías siete años, Andreas.

De eso habían pasado treinta años. Andreas miró en otra dirección. Recordaba muy bien lo que sentía por aquel entonces por su hermano; había sido su faro en un tiempo de oscuridad. Admiraba a Arístides, cuya determinación le había llevado a buscar su propio camino, y a luchar.

Andreas resopló.

–Nunca te lo he dicho, pero te idolatraba. Eras mi héroe, mi modelo a seguir.

–Te creo. Un modelo de frialdad. Pero en mi caso, lo usé como una herramienta para sobrevivir y para progresar. En tu caso, parece haberse convertido en una segunda piel. Es como si quienquiera que reuniera las piezas para ponerte en el mundo hubiera olvidado la de los sentimientos.

–Eres la segunda persona que me dice algo parecido, y debo admitir que me alegro de que me falte ese componente. No quiero imaginar lo que habría significado tenerlo mientras nuestro padre vivía, o cómo me habría afectado todo el horror que encontré en mi camino. Sin embargo, tú siempre me importaste.

–Nunca tuve la menor idea de que fueras consciente de que existía. Después de todo, me dedicabas la misma mirada de indiferencia que a todo el mundo.

–Te equivocas. Te miraba y te admiraba...cuando no estabas presente.

Arístides frunció el ceño como si los recuerdos lo perturbaran.

–Sabes que no pude acudir siempre que me necesitaste.

Andreas hizo un ademán, quitando valor a la excusa.

–Pero yo sí estaba, ¿recuerdas?

Y Arístides no tenía ni idea de hasta qué punto. Mientras su hermano trabajaba veinticuatro horas al día para alimentar a la familia, Andreas se había tenido que convertir en «el hombre de la casa». Y como tal había tenido que hacer cosas... detestables.

–¿Esto tiene que ver con Petros? –Andreas hizo una mueca al oír la pregunta. La mención a Petros siempre le encogía el corazón. Arístides continuó–: siempre pensé que era la única persona por la que sentías algo. Supongo que su muerte, de la que no te dignaste a avisarnos, fue un duro golpe para ti, aunque no quieras admitirlo.

–¿Por qué no iba a admitirlo si Petros estaba más cerca de mí que ninguno de vosotros?

–Eso no significa nada, puesto que nunca has estado cerca de nadie. En cuanto cumpliste trece años… te encerraste en ti mismo.

–Tiene gracia que lo diga el hombre que daba dinero a su familia en lugar de afecto. Mamá solía decir que habías vendido tu alma por convertirte en el rey Midas. Y hablando de abrazos, también decía que daría todo lo que le habías dado, a cambio de un abrazo.

Arístides le dirigió una mirada iracunda.

–No estamos compitiendo por ver quién es más frío y cruel de los dos, Andreas.

Andreas se estremeció.

–Disculpa, ha sido un golpe bajo. De hecho, yo despreciaba a mamá cuando decía cosas así. Tú nos mantuviste en circunstancias muy difíciles; luego abandonaste Creta y conseguiste que iniciáramos una nueva vida en Estados Unidos, aunque ella no llegara a disfrutarla porque se suicidó cuando nuestro despreciable padre le rompió el corazón. Nuestra madre estaba enferma por un exceso de sentimentalismo que le hizo tomar decisiones equivocadas. Adoraba a nuestro padre, que la engatusaba con falsas promesas a la vez que la engañaba. Y mientras tanto, ella se enfadaba contigo porque, aunque hacías milagros para mantenernos, no le dedicabas una sonrisa y un abrazo. ¿Te extraña que desprecie las muestras de afecto?

Arístides lo miró como si de pronto lo viera desde una nueva perspectiva. Finalmente dijo:

–Nuestra madre y nuestro padre tenían problemas y su relación era enfermiza. Pero nosotros hemos dejado atrás ese legado y no debemos permitir que sus errores y traumas envenenen nuestras decisiones. No tienes por qué ir al extremo contrario y no tener sentimientos porque viste el devastador efecto que tuvieron en ella. Se puede experimentar una enorme variedad de sentimientos sin que estos te dominen.

–¿Como los que tú sientes por Selene y por tus hijos? Me temo que les has cedido el control.

–Y eso sería malo solo si fueran sentimientos enfermizos o humillantes. Mis sentimientos por Selene y por mis hijos me han salvado y me han rejuvenecido –Arístides de pronto dejó escapar un gruñido–. Has hecho que me vaya por la tangente.

–Has sido tú quien ha empezado a hablar de mi insensibilidad.

–Solo te he preguntado si tu actitud tenía que ver con la pérdida de Petros...

–¿Es que no vas a olvidar el abrazo? –interrumpió Andreas–. Si me descuido, Calíope me mandará un mensaje hablándome de mi potencial afectivo –Andreas se inclinó hacia adelante con una genuina ansiedad. Desde que había acudido a su boda, Calíope había intentado devolverlo al círculo familiar–. Por favor, no le digas nada. Prometo hacer lo que quieras con tal de que no se lo cuentes a Calíope.

–¿Incluido dejar en paz a Naomi?

Por fin había llegado el momento de la verdad. Andreas se apoyó en el respaldo y alzó la barbilla.

–Así que ha solicitado tus servicios para librarse de mí. Al menos deberías contarme de qué me acusa.

Arístides le contó lo que Naomi le había contado y lo que él pensaba de su comportamiento y de sus actos. Sus críticas todavía resonaban en el aire cuando Andreas finalmente suspiró.

–¿Has terminado?

–Sí, y tú también, *agóri* –gruñó Arístides.

–Hacía tiempo que nadie me llamaba niño –dijo Andreas.

–No me obligues a demostrarte que, comparado conmigo, todavía lo eres –Arístides se inclinó hacia él y añadió–: deja a Naomi en paz. Es mi última palabra.

–Te diré cuál es la mía: no pienso hacerlo.

–Andreas…

Este alzó la mano para interrumpir a Arístides.

–Llevo cuatro años obsesionado con recuperarla, y ahora que la tengo al alcance de la mano, no voy a dejarla escapar.

–¿Piensas utilizar el testamento de tu amigo y a su bebé para obligarla a meterse en tu cama? ¿No te importa que ella no quiera volver contigo?

–Te aseguro que sí quiere.

–La creo a ella y a la angustia que transmite. Si justificas tu comportamiento porque crees que te desea, te estás engañando.

–No sabes nada de lo que ha habido entre nosotros, Arístides.

–Lo sé todo. Me lo ha contado ella misma.

Eso sorprendió e intrigó a Andreas.

–Puede que no seas capaz de pensar más que en ti mismo –continuó su hermano–, pero tienes que pensar que se trata de una mujer que ha perdido recientemente a su única hermana y que todavía está en duelo; que heredó la responsabilidad de su sobrina...

–Que podrá compartir conmigo cuando nos casemos.

–No ha pedido la ayuda de nadie, y menos la tuya. Tengo la impresión que vive solo para Dora.

–Eso no es bueno ni para ella ni para la niña.

–¿Y qué es bueno para ellas? ¿Tú? ¿El hombre que no tuvo la menor consideración con su supuesta esposa? ¿Quieres hacerle sufrir aún más tomando a su hija como rehén? Dora es su hija en todos los sentidos. ¿Es que no tienes ni sentimientos ni honor?

–Haré lo que sea necesario. ¿No lo harías tú para recuperar a Selene?

–Nunca la chantajearía.

–Yo no la estoy chantajeando, solo quiero que vea que me necesita. Solo así se dará cuenta de que quiere volver a mi lado.

Arístides lo miró, perplejo.

–¿Crees que está jugando a hacerse la dura?

–No es eso. Creo que se avergüenza de haberme seguido en el pasado, y parece que está especialmente ofendida porque mantuve nuestra relación en secreto. Sospecho que esa es una de las principales razones de que acudiera a ti. Esta vez pretendo que recupere su dignidad siendo yo quien la sigue. Y de no haberse adelantado, te habría hablado de ella en cuanto hubiera accedido. Así que no la estoy chantajeando, sino dándole margen para que se vengue de mí. Pero te aseguro que si se resiste no es porque no me desee. El deseo es mutuo, te lo aseguro.

Arístides intuyó que Andreas tenía una prueba reciente de esa atracción. Aun así, dijo:

–Estás hablando de lujuria, y eso no basta para sobreponerse a una aversión mental o emocional. Si accediera a casarse contigo una mujer que no te soporta fuera de la cama., ¿qué clase de relación crees que tendríais?

Andreas hizo un ademán, quitando importancia a la advertencia.

–El conflicto inicial terminaría pronto.

–¿Y si no es así? ¿Te arriesgarías a ese tipo de infierno domestico solo porque quieres librarte de una obsesión?

–Ni puedo ni quiero librarme de esa obsesión.

–No es más que sexo. Y para eso, el arreglo que te ofrece Naomi es perfecto.

Andreas rio con amargura.

–No quiero un arreglo sino algo permanente.

–¿Tienes idea de lo que es algo permanente, Andreas? ¿Crees que lo que tuviste con ella era un matrimonio, esa farsa que quieres que repita? Aunque no tengas ni idea de lo que los demás sienten, nunca pierdes el tiempo con algo que no funciona. ¿Por qué insistes en repetir un fracaso?

–Para mí no lo fue.

–Supongo que lo dices porque el divorcio es la prueba de un matrimonio exitoso. ¿Por qué no admites que la persigues porque se atrevió a abandonarte? No me extrañaría que te tomaras todo este trabajo solo por ser tú quien la abandone la próxima vez.

–Veo que has adoptado su punto de vista respecto a mis motivaciones.

–Se corresponde con lo que sé de ti.

Andreas se puso en pie, ofendido.

–No pienso repetirme. Me voy.

Arístides se levantó y lo sujetó por el hombro.

–Aunque entienda tu punto de vista, seguirías coaccionándola para retomar una relación patológica. Quizá te habría apoyado si fuerais solo vosotros dos, pero hay una niña implicada. Dora se verá atrapada en vuestro infierno.

–¿Quién dice que la vida juntos fuera un infierno? –preguntó Andreas, airado.

Arístides resopló despectivamente.

–Naomi, por supuesto.

–Ni fue un infierno ni lo será –dijo Andreas, entre dientes.

–Eso dices tú, pero ella dice lo contrario. Y en cualquier caso, ¿qué pasará cuando te canses de ella? ¿Has pensado cómo lo pasará Dora cuando la abandones después de haberte convertido en su padre?

Andreas no se lo había planteado porque no imaginaba llegar a saturarse de Naomi, y mucho menos abandonar a la hija de Petros. Pero respondió otra cosa:

–Pienso dejarle claro desde el principio que no soy su padre.

Arístides recibió la respuesta como un puñetazo en la boca del estómago.

–Siempre he sabido que eras frío, pero nunca pensé que fueras tan cruel –asió el brazo de Andreas con fuerza–. Te advierto que si sigues adelante, haré lo que haga falta para detenerte.

Andreas le sostuvo la mirada y dijo:

–¿Has acabado ya?

Arístides apretó la mano y Andreas se la retiró despectivamente a la vez que decía:

–Te diré lo que va a pasar: cumpliré el deseo de Petros de que Dorothea sea una Sarantos. Además, voy a conseguir que Naomi vuelva a ser mi esposa.

–Andreas...

Andreas alzó las manos para detener la explosión de su hermano y continuó:

–Si en el proceso, los temores de Naomi se cumplen o le hago daño, podrás atacarme.

–¿Crees que voy a esperar a que le hagas daño?

–¿Qué te hace pensar que se lo haré? ¿No eres tú el defensor de las segundas oportunidades? ¿O crees que solo tú puedes redimirte?

Arístides se calmó súbitamente.

–Si fuera verdad que eso es lo que buscas...

Andreas posó la mano en su hombro y, mirándolo fijamente, dijo:

–Lo es.

***

Una hora más tarde Andreas estaba sentado en la cama donde había hecho el amor con Naomi, todavía impregnada de su delicioso perfume.

La reunión con Arístides, por alguna extraña razón, le había proporcionado paz: la de saber que, a pesar de todo, Arístides se preocupaba por él. En lugar de estar molesto por sus amenazas, casi le emocionaba que se comportara como un patriarca y protegiera a Naomi y a Dorothea.

Pero por encima de todo, porque Arístides no podía hacerle daño. Ni él ni nadie. Solo había sufrido por una cosa y pensaba rectificarla.

Lo que sí le perturbaba era saber que Naomi había descrito su matrimonio como un infierno cuando para él siempre había sido fantástico. Al menos hasta la noche en la que él le había dicho que no quería tener hijos.

¿Podía ser que Naomi hubiera sido verdaderamente infeliz y no que sus recuerdos se hubieran transformado por el dolor?

No cabía duda de que su relación había sido heterodoxa. Él le había pedido que se casaran para asegurarse que se quedaba con él, pero no había cambiado los términos de su relación. Con ello había creído que apaciguaba la inquietud que Naomi sentía de ser algo pasajero, y la razón, tal y como él la había interpretado, de que lo hubiera dejado la primera vez.

Él no le había podido ofrecer más, pero siempre había creído que a ella le bastaba. Nunca creyó que fuera infeliz, ni mucho menos, desgraciada.

Por eso había estado convencido de que volvería a él, y cuando lo hiciera, había pensado decirle que tenían mucho tiempo por delante antes de tener hijos, porque estaba convencido de que su espectacular vida sexual la mantendría satisfecha hasta que el deseo de ser madre se hiciera acuciante.

Pero si la razón principal de que se negara a casarse de nuevo con él era que temía ser tan infeliz como en el pasado, ¿qué podía hacer él?

La salida más fácil era coaccionarla. Pero con eso no conseguiría lo que realmente anhelaba: que Naomi se entregara a él por propia voluntad. Y para eso, tenía que dar el paso libremente.

Él había creído que, satisfecha su necesidad de ser madre, no habría obstáculos para que volviera a aceptarlo, pero era evidente que ella necesitaba otras cosas de él, que ni siquiera estaba seguro de poder darle.

¿Y si Arístides tenía razón al desconfiar de él y lo mejor para Naomi y para Dorothea era que las dejara en paz?

¿Sería capaz de rendirse, en aquella ocasión para siempre?

Capítulo Siete

Naomi no conseguía concentrarse en los datos que tenía en la pantalla del ordenador. Desde que Arístides le había dicho que había hablado con Andreas y que la situación estaba controlada, no lograba calmarse. El mensaje había sido tan críptico que no sabía a qué atenerse.

Lo único que podía sacarla de aquel estado era que Andreas se comprometiera a olvidar el testamento de Petros, o al menos a negociar un término medio, como convertirse en padrino de Dora una vez ella la adoptara legalmente. Y que olvidara la idea de volver a casarse.

Pero desde el encuentro entre Arístides y Andreas, tres días antes, no había sabido nada de él; y aquel silencio estaba volviéndola loca.

Desafortunadamente, había otro problema, y era que su cuerpo, reavivado por Andreas, la atormentaba día y noche.

Apagó el ordenador, tomó el bolso y se fue del despacho. No tenía sentido intentar trabajar cuando apenas podía pensar.

Un cuarto de hora más tarde llegaba a su apartamento y en cuanto oyó la voz de Dora y sus habituales gorjeos, sonrió.

Al llegar al salón se quedó paralizada al oír una voz grave y profunda.

Tragando saliva y obligando a sus piernas temblorosas a caminar, continuó. Aquella era la voz que la atravesaba y le recorría las venas hasta alcanzarle el vientre. Aunque el oído le fallara, su cuerpo siempre la identificaba correctamente.

Controló el impulso de salir huyendo. Pero lo que vio al llegar a la puerta le aceleró el corazón.

Andreas estaba sentado en el sofá con un traje beis que resaltaba su cabello lustroso y su piel dorada. Los dos gatos lo flanqueaban, Hannah estaba sentada en un sillón ante él y Dora jugaba a sus pies.

Hannah parecía relajada y divertida y Dora le tendía uno de sus juguetes favoritos a la vez que le daba incomprensibles explicaciones. Actuaban como si estar con él fuera lo más normal.

Y aunque Andreas parecía fuera de lugar, la naturalidad con la que aceptaba la atención y la familiaridad con la que lo trataban contradecía el hecho de que aquella experiencia fuera nueva para él.

La tentación de entrar a por Hannah y Dora y mandar a Andreas al infierno fue tan poderosa que Naomi se quedó paralizada. Lo que fue una suerte, porque no quería que ninguna de las dos supiera cuál era la preocupante situación en la que se encontraban.

Lo otra razón por la que se contuvo fue saber que Andreas era consciente de que estaba allí, tal y como dedujo por un imperceptible movimiento de sus párpados. Siempre había tenido un radar especial para detectar su presencia, y estaba segura de que ignoró su llegada a propósito, para provocarla.

Maldiciendo entre dientes, se cuadró de hombros y entró.

Andreas, que seguía sosteniendo el juguete que Dora le había dado, la miró con expresión velada. El cuerpo de Naomi reaccionó al instante, prácticamente rugiendo con el deseo de tocarlo. Apretó los dientes y miró a Hannah, que se puso en pie, sonriente.

–¡Querida, qué pronto has vuelto! ¿Estás bien?

Naomi sintió que el corazón se le aceleraba con cada paso que la acercaba a Andreas.

–He terminado antes de lo que esperaba –dijo sin lograr sonreír.

–Me alegro, así el señor Sarantos no tendrá que seguir soportando nuestra compañía por más tiempo.

–Señora McCarthy, ha sido un placer. Y por favor, llámeme Andreas. Siempre que oigo señor Sarantos, creo que se trata de mi hermano.

Hannah rio.

–Está bien, pero solo si usted me llama Hannah.

–De acuerdo… Hannah.

Entonces Andreas volvió la mirada hacia Naomi y esta sintió que la ropa se le pegaba a la piel.

–Que conste que he venido porque creía que

estarías en casa –dijo a modo de explicación, como si no supiera que Naomi trabajaba los sábados por la tarde.

–Podías haber llamado –Naomi intentó forzar una sonrisa por Hannah–. Así no te habría hecho esperar.

–Pero entonces no habría probado el fantástico bizcocho de nueces de Hannah; ni habría conocido al resto de la familia –dijo él, volviéndose hacia Dora.

Naomi tomó a la niña en brazos y se separó de Andreas para poder respirar, mientras él la observaba con una expresión enigmática que desconocía y que la perturbó aún más.

–Debes de estar hambrienta.

El comentario de Andreas hizo que le quemara la piel, aunque dudara de que fuera una insinuación.

–Hannah dice que llegas a casa muerta de hambre –añadió él–, porque no comes nada en todo el día.

Naomi puso a Dora en el suelo cuando empezó a revolverse, y sacudió la cabeza.

–Hoy no tengo hambre.

«Porque de lo que tengo hambre es de un hombre con un cuerpo diseñado para el pecado».

–Menos mal –dijo Hannah–; todavía no he empezado a preparar la cena, pero voy ahora mismo –se volvió a Andreas y añadió–: ¿Supongo que se quedará?

–Solo si me deja ayudarla. No me gusta que me

sirvan –dijo Andreas. Y Naomi sabía que no mentía. No le gustaba depender de nadie ni para comer–. ¿Qué va a cocinar?

–Nada especial; salmón con patatas y verduras salteadas. De postre, unas natilla; pero si lo prefiere, haré otra cosa.

–Ha mencionado algunos de mis platos favoritos.

Naomi sabía que no estaba siendo meramente amable. Andreas no solía mentir.

Andreas se puso en pie y fue con Hannah hacia la cocina. El resto de la familia de Naomi, incluidos los gatos, lo siguieron; y puesto que nadie le había consultado, Naomi fue tras ellos.

Ya en la cocina, Dora se agarró a la pierna de Andreas para que le pusiera en su trona. Él la miró como si fuera uno de los gatos, pero contra lo que Naomi esperaba, se inclinó, la tomó en brazos y la sentó en su silla. Entonces la niña señaló con el dedo sus juguetes, y en esa ocasión Andreas, en lugar de atenderla, la miró fijamente. Ante los asombrados ojos de Naomi, Dora puso una de sus encantadoras caras, pidiendo sus juguetes con amabilidad. Solo entonces Andreas se los dio. Luego se inclinó hacia ella y dijo:

–Y ahora voy a cocinar con tu mamá y con Hannah mientras tú juegas –y yendo al lado de Hannah, añadió–: Yo me ocuparé del salmón. La voy a sorprender.

Sacudiéndose el aturdimiento en el que había caído ante la sorprendente situación, Naomi dijo:

–Yo me ocuparé de las patatas.

Andreas le dirigió una de sus inescrutables miradas antes de ponerse a trabajar.

–¡Qué magnífico salmón, Hannah! Debe haber adivinado que venía, porque hay suficiente para todos, si es que Dorothea come salmón.

–Dora come de todo. Es el bebé más fácil de alimentar de los seis que he cuidado en mi vida.

–Según me ha dicho, Naomi fue uno de ellos. ¿Qué tal era?

Hannah miró a Naomi como disculpándose.

–¿Comparada con Dora? Un desastre. Hasta los dos años apenas comía.

–Ahora como todo lo que cocinas, Hannah.

Esta sonrió a Naomi.

–Desde luego, querida. Hace años que me has compensado por todo el trabajo que me diste.

–Yo crecí en Creta –explicó él tras quitar la piel al pescado–, y casi siempre comíamos pescado que pescábamos nosotros mismos, pero no probé el salmón hasta llegar aquí. Ahora soy adicto, y es la única proteína animal que como.

–¿Por salud o por razones morales? –preguntó Hannah.

–Ni una cosa ni otra. Como no podíamos permitirnos comer pollo o carne, y los probé por primera vez a los dieciséis años, nunca han llegado a gustarme.

A Naomi le temblaron las manos. Era la primera vez que oía a Andreas contar algo de su pasado. Por Arístides y por el leve acento de Andreas, sabía que habían pasado su infancia en Creta, pero nunca había sido consciente de que hubiera pasado tantas necesidades.

Era difícil imaginarlo pobre y desvalido, y quizá eso explicaba por qué había desarrollado una identidad tan introvertida e impenetrable.

Naomi tuvo que contener un impulso compasivo, y se concentró en preparar su parte de la cena. Andreas no invadió su espacio, ni la rozó disimuladamente; no aprovechó las circunstancias. Hasta el punto de que, a pesar de que tenía los nervios a flor de piel, le asombró la facilidad con la que trabajaban juntos.

Cuando la cena estuvo preparada, Andreas puso la mesa mientras ella daba de comer a Dora y Hannah recogía. Cenaron en la cocina porque Andreas insistió en no alterar sus rutinas.

Naomi probó el salmón y pensó que era el mejor que había comido en su vida. Cuando Hannah y ella lo dijeron, Andreas aceptó los halagos con naturalidad, como si lo supiera y le pareciera absurdo negarlo.

Pero lo que dejó atónita a Naomi fue su comportamiento relajado y amigable. En lugar de su habitual frialdad y respuestas monosilábicas, se mostró ingenioso e incluso divertido.

En cierto momento, mientras contaba anécdotas de su infancia, comentó:

–Apenas veía a mi padre y consideraba a Arístides un ser excepcional, no encasillado en el papel de hombre o mujer. Leónidas era solo un bebé.

Así que cuando un día pedí un vestido como el de mis hermanas porque estaba harto de los pantalones, mi madre tuvo que explicarme que no podía llevar vestido porque era chico. No os podéis imaginar el golpe que supuso esa noticia.

Naomi no pudo contener una carcajada. Él la miró con expresión compungida.

–Ríete. Lo mismo hicieron mis hermanas. Y aún más con cada una de las fases por la que pasé.

–¿Qué fases? –no pudo resistirse a preguntar Naomi.

–Las habituales: negación, rabia, negociación... Estaba convencido de que tenía que haber una solución. No podía entender que se tratara de una condición permanente.

–Debías ser muy pequeño –dijo ella, riendo.

–Seis años. Me costó todo un año aceptar mi mala fortuna.

A partir de ahí, la conversación fluyó con espontaneidad. Hasta el punto de que Naomi tuvo que recordarse que se trataba de Andreas, el hombre que nunca había compartido con ella ninguna de esas intimidades.

Y si aquel era el verdadero Andreas, ¿dónde había estado escondido todos aquellos años y qué le había hecho emerger? No podía ser ella, puesto que había fracasado en todos los intentos.

Pero estar en contacto con aquella faceta de su personalidad solo podía empeorar su estado; y Naomi tuvo que reprimir el impulso de tomarle las manos y llevárselas a las mejillas o a los pechos; o reposar la cabeza en sus hombros. Y sabía que Andreas era consciente de todo ello.

Cuando Hannah se levantó para preparar el postre, Naomi dijo:

–Pensaba que te habías ido de la ciudad.

Y había sentido alivio y tristeza a partes iguales. Por Dora, había querido que se marchara; pero que ni siquiera se hubiera despedido de ella tras la noche que habían pasado juntos había sido como una puñalada.

Andreas dio las gracias a Hannah cuando le puso delante las natillas y dijo:

–Voy a quedarme... durante un tiempo.

–¿Cuánto? –preguntó Naomi esforzándose por mantener un tono tranquilo al notar que Hannah escuchaba con curiosidad.

–Depende de lo que tarde en terminar el asunto que tengo entre manos.

–¿Y si no tienes éxito?

–Me enfrentaré a los problemas a medida que surjan –dijo él, encogiéndose de hombros.

Tras esas palabras, continuaron charlando distendidamente, aunque Naomi tuvo que esforzarse para disimular su inquietud.

Luego pasaron al salón para tomar café.

Los gatos se atropellaron para subir al regazo de Andreas, pero Dora los echó. Los felinos accedieron porque la trataban como a la recién llegada a la manada, y se acomodaron a ambos lados de Andreas.

Pronto el interés que Dora mostraba por él, por

su móvil, por su cinturón o por cualquier cosa que tuviera en sus manos le impidió seguir hablando. Cuando se negó a ceder a sus exigencias, la niña protestó.

Y Andreas no manifestó la menor impaciencia a pesar de que la niña estaba siendo particularmente irritante. Tanto, que Naomi pensó que lo hacía a propósito para que Andreas se diera cuenta de lo que le esperaba si insistía en quedarse con ella.

Por otro lado, la trataba con firmeza, y cuando Dora decidió descubrir a qué estaba sujeto el vello que le brotaba en el pecho, la detuvo. Inmediatamente, Dora hizo pucheros.

–Eres una pequeña tirana, ¿verdad?

La barbilla de Dora tembló y los ojos se le llenaron de lágrimas.

–Y una manipuladora de primera, ¿eh?

Dora se lanzó a seguir con su inspección, pero cuando Naomi fue a quitársela de encima, Andreas la detuvo con un gesto de la mano. Entonces Dora estalló en llanto y al ver que Andreas le sujetaba las manitas con fuerza, Naomi decidió esperar a ver cómo manejaba la situación, aunque no confiaba en que Andreas tuviera ningún éxito.

Ignorándola, los dos se miraron como dos carneros a punto de embestirse. Dora, con los ojos húmedos y expresión indignada; Andreas, tranquilo pero inflexible. Hasta que con voz pausada, casi en un susurro, dijo:

–Escucha, Dorothea. Este es mi vello y se va a quedar en mi pecho. No puedes protestar por no conseguir algo que no has pedido. Te prometo que cuando quieras algo que puedas tener, te lo daré. ¿Qué te parece?

Milagrosamente, la expresión de Dora fue cambiando a medida que él le hablaba como si fuera una adulta; hasta que, con un gritito de alegría, se lanzó contra su pecho y se acurrucó en él. Andreas no hizo ademán de abrazarla y la niña, tras unos segundos, alzó la cara con una sonrisa que Naomi habría descrito como de admiración y a continuación, completamente calmada, bajó al suelo y se puso a jugar sola.

Naomi se sintió en la obligación de decir algo:

–Lo siento. No suele ser tan caprichosa. Debe de ser la novedad de que haya alguien distinto a Hannah y a mí. Y encima, un hombre.

Aunque no dijo nada, la mirada que Andreas le dirigió le puso la carne de gallina. Para romper la tensión, continuó:

–Supongo que estaba explorando los límites contigo. Con nosotras ya los conoce.

–¿Estás segura? Me da la sensación que Hannah y tú se lo consentís todo.

–¿Quieres decir que la estamos malcriando?

–Guárdate las garras, leona. No estoy criticándote, solo es un comentario. Puede que como espectador vea cosas que vosotras nos percibís. Y creo que corréis el peligro de mimarla en exceso; es consciente de que es el centro de vuestro universo.

–Seguro que tienes sugerencias para que rectifiquemos.

–En absoluto. Debe de ser imposible cuidar de alguien tan vulnerable y dependiente, y mantener la objetividad. Como es comprensible que, dadas las circunstancias, seas excesivamente protectora.

–¿Quieres decir que soy una mala madre?

Naomi esperaba que dijera que no era su madre, pero, una vez más, Andreas la sorprendió.

–No tengo ni idea de qué tipo de madre eres, Naomi, y puede que esté completamente equivocado. Pero supongo que harás esto tan bien como todo lo demás. Solo pienso que quizá estaría bien que aplicaras tu extraordinaria inteligencia.

–¿Crees que soy inteligente?

–Sin duda, y deberías sentirte orgullosa. En cualquier caso, dices que no suele ser tan caprichosa y te creo. De hecho, ha reaccionado en cuanto la he parado.

Naomi se mordió la lengua para no decir que había sido él quien había conseguido hacerla reaccionar con tanta prontitud. Pero también sintió el impulso de describir la personalidad de Dora.

–A veces es excesivamente curiosa, pero no es caprichosa, sino que le interesa saber cómo funcionan las cosas, o de qué están hechas. Los críos consentidos suelen perder interés en cuanto les das lo que quieren, mientras que Dora lo toma y lo estudia durante horas. Sus juguetes favoritos son objetos normales y nunca los abandona. De hecho, no deja de encontrarles nuevos usos.

–Así que tenemos una inventora en ciernes. Es una lástima que le haya interesado algo que no puedo darle. Podría haber negociado el móvil y el cinturón, pero, mi vello....

Naomi sonrió nuevamente y bajó la guardia. Y aunque él no le devolvió la sonrisa, apreció calidez en su mirada.

Se produjo un silencio al llegar Hannah, al mismo tiempo que Dora y los gatos pedían permiso a Andreas para volver a trepar a su regazo. Pronto, la niña se acurrucó contra su pecho y se quedó dormida. Andreas bajó la mirada hacia ella y se quedó mirándola.

Cuando Naomi se puso en pie para ir a quitársela de encima, él la detuvo y susurró:

–Es igual que Petros.

Naomi tragó saliva para no ahogarse de emoción.

–Sí, solo que con los ojos de Nadine.

Andreas continuó mirándola. Finalmente, dijo:

–Si se parece a él, será un ángel.

Naomi se sintió demasiado conmovida como para contestar. Fue a por la niña y en aquella ocasión Andreas no dijo nada cuando la tomó en brazos y se la llevó para acostarla.

Cuando volvió, Andreas comentó:

–Tú también debes de estar cansada. Hannah dice que te levantas cuando Dora se despierta y que tus días son muy largos.

–No sé qué hará Naomi, pero yo me retiro –dijo Hannah, poniéndose en pie con un disimulado bostezo. Era obvio que quería dejarlos a solas.

Ante la sorpresa de Naomi, Andreas se puso en

pie al instante. Para ella jamás se había levantado por cortesía, pero también era cierto que casi nunca lo había visto en compañía, y menos de una mujer madura.

Andreas le estrechó la mano a Hannah afectuosamente y le agradeció de nuevo su hospitalidad.

Hannah rio animadamente, diciéndole que el placer había sido suyo, y besó a Naomi a la vez que le dirigía una mirada significativa, con la obviamente quiso hacerle saber que Andreas le parecía maravilloso y que Naomi sería muy afortunada si se interesaba por ella. Estaba claro que Andreas la tenía de su lado.

En cuanto se quedaron a solas, Naomi se volvió hacia Andreas. No podía esperar ni un segundo a averiguar lo que estaba ansiosa por saber: ¿por qué estaba allí? ¿Por qué se había comportado como lo había hecho? ¿Qué había decidido? Y lo que era aún más importante, ¿qué pensaba hacer en aquel instante?

Andreas se acercó a ella diciendo:

–Gracias por esta velada, Naomi.

Ella se quedó quieta, esperándolo. Hasta que se dio cuenta de Andreas pasaba de largo y se dirigía a la puerta.

¿Esperaba que corriera tras él y le pidiera que se quedara? ¿Era su forma de compensarla por no haberla obedecido cuando días atrás le había pedido que se fuera?

Naomi no tuvo más remedio que seguirlo porque ansiaba saber qué había decidido.

Él se volvió con mirada inexpresiva al llegar a la puerta. Naomi sintió que la sangre le bombeaba en cada milímetro de su cuerpo, impulsándola a aproximarse, a buscar su roce.

Si la besara en aquel momento no estaba segura de cómo reaccionaría.

Pero Andreas se limitó a decir:

–*Kalinychta,* Naomi.

Y se marchó.

Atónita, Naomi permaneció asida a la puerta, viéndolo alejarse por el corredor, confiando en que volviera para poder demostrarle cuánto lo deseaba, para que la llevara a la cama y saciara aquel punzante anhelo.

Pero Andreas siguió caminando, pasó de largo el ascensor y se dirigió a las escaleras. Unos segundos más tarde, Naomi oyó sus pisadas alejarse a medida que bajaba.

Cerró la puerta con el corazón palpitante, y temblorosa, con una creciente incredulidad.

Andreas se había ido.

¿Cuándo lo vería de nuevo?

Andreas no volvió.

Tras dos días de silencio, Naomi empezó a sospechar. Y según pasaron los días, no pensó que pudiera haber ninguna otra explicación.

La tarde que habían pasado juntos le había servido como prueba para ver si podía soportar estar con ellas. Y debía haber decidido que no.

Quizá también había necesitado averiguar si todavía la deseaba, y había descubierto que tampoco.

Eso demostraba que la noche que habían compartido y que había reavivado su cuerpo, a él le había servido para purgarla de su sistema. El sexo había sido para él el broche final, y por tanto, ya no la necesitaba para nada. Así que había decidido dejarlas a Dora y a ella en paz.

Racionalmente, Naomi sabía que debía sentirse aliviada de que Dora estuviera a salvo. Pero en lugar de aliviada, estaba desilusionada.

Se sentía como si lo hubiera perdido de nuevo. Pero el golpe era aún peor que la primera vez, porque Andreas acababa de mostrarle una faceta que ella había buscado en él desde que lo había conocido. Había atisbado al Andreas hombre y compañero; no solo al amante depredador.

Y había sido pura ambrosía. Naomi ansiaba experimentar más aquella proximidad, la espontaneidad y el buen humor del que había dado pruebas aquella mágica velada.

Andreas había desaparecido después de suministrarle un veneno que la había dejado más anhelante de lo que lo había estado nunca, porque le había mostrado aquello que ella había llegado a creer que era un espejismo.

Andreas podía ser como ella había soñado. Pero nunca sería suyo.

Capítulo Ocho

–Empezaba a pensar que no vendrías –dijo Selene con una simpatía que turbó a Naomi.

No podía decirle que se había planteado no acudir y que le había llevado toda la mañana decidirse a ir con Hannah y Dora a Manhattan Beach, a la fiesta de los Sarantos.

Si había dudado no era por temor a encontrarse con Andreas, pues sabía que jamás iba a las reuniones familiares; y si había decidido atenderla era por Dora, porque Arístides había dicho que Petros era como un hermano y no quería privar a la niña de sus tíos y de los primos con los que crecería.

Selene enlazó su brazo al de ella después de besar a Hannah y a Dora.

–No perdamos tiempo. Todos se mueren por conoceros.

La casa era como un trozo de Creta trasladado a los Estados Unidos. Era lujosa pero austera, espaciosa, pero no gigante, y de un gusto exquisito. Delataba que sus dueños daban prioridad a la comodidad, la privacidad y la seguridad.

La familia Sarantos se aproximó a saludarlas en masa. Entre las cuatro hermanas, sus respectivos maridos e hijos y algunos amigos íntimos, Naomi perdió pronto la cuenta de caras y nombres. Solo Calíope, la hermana menor de Andreas; y su marido ruso, Maksim Volkov, un magnate de la industria del acero, quedaron grabados en su mente.

De pronto Naomi sintió el corazón en la garganta al ver a Andreas entrar y recortarse contra la espectacular vista del Atlántico.

Bromeando, todo el mundo lo amonestó por ser el último en saludar a las recién llegadas.

–Naomi, Hannah –fue todo lo que dijo a modo de saludo, antes de bajar la mirada a Dora, que gateó a toda velocidad hacia él.

Andreas esperó a que se asiera a su pierna, y solo cuando le dedicó una cautivadora sonrisa, se agachó para tomarla en brazos.

Se oyeron risas y protestas entre sus hermanas, acusándolo de no haber hecho nada parecido con ninguno de sus sobrinos.

Andreas los miró tranquilamente y a la vez que Dora apoyaba la cabeza en el hueco su de su cuello, dijo:

–Ha sido Dorothea quien me lo ha pedido. ¿No habéis visto esa sonrisa? Esta niña consigue lo que quiere.

Los demás rieron, diciéndole que acabaría siendo, como todo el mundo, un juguete en manos de sus hijos. Pero Naomi sabía que, si Dora le hubiera exigido, en lugar de pedido, que la tomara en brazos, Andreas no habría reaccionado. Había bastado un encuentro para que la niña aprendiera la lección.

Andreas no daba jamás un primer paso, ni respondía a los de los demás, si no se daban bajo sus estrictas normas.

Tras el saludo, Dora pidió que la dejara en el suelo para reunirse con los demás pequeños, que tenían entre uno y siete años. Y los adultos fueron dividiéndose en pequeños grupos.

Naomi y Andreas se quedaron a solas. Él dijo que iba a salir a la terraza y ella lo siguió. Para cuando lo alcanzó, él se apoyaba en la barandilla con los brazos estirados y miraba al horizonte.

–¿Qué haces aquí? –preguntó ella, mirando a su vez en la distancia

–¿Ahora mismo? Mirar el mar –contestó él en tono de broma.

Naomi lo miró y vio que la miraba risueño. Pero Naomi no le encontró la gracia. Llevaba diez días desconcertada. Andreas había llegado y vencido, y se había marchado. Y ella había asumido que nunca volvería a verlo.

–¿Te importa contestarme en serio?

–Seguro puedes explicar mi presencia.

–Que estás jugando conmigo.

–¿Por qué iba a hacer eso? –preguntó Andreas, frunciendo el ceño.

La confusión que Naomi percibió en su mirada le hizo dudar respecto a sus intenciones. Lo cierto era que asumir que Andreas estaba allí solo por perturbarla implicaba que actuaba premeditadamente, y Andreas parecía haber perdido todo interés en pensar en ella.

Sin mediar palabra, Naomi volvió dentro, ansiosa por marcharse lo antes posible. Al sentir que Andreas la seguía, aceleró el paso y llegó a altura de Calíope. Esta la recibió con una amplia sonrisa.

–¿Ya entras? ¿Hace tanto fresco como parece? –miró por encima de Naomi y añadió–: ¿O es otro tipo de temperatura la que te hace entrar?

–¿Es una sutil manera de llamarme frío, Cali? –preguntó Andreas.

–Frío no, mi más querido y adorado hermano, helador.

–Esa es otra mentira. Todos sabemos que soy el último en tu lista de afectos.

Calíope rio.

–Eso no es verdad. Lo que pasa es que te veo poco. Si no, subirías a los primeros puestos.

–Si es así, puede que consiga solucionarlo.

Calíope abrió los ojos, ilusionada.

–¿De verdad? –se abrazó a su hermano–. Por favor, Andreas, hazlo.

Él reaccionó como si le hubiera alcanzado un rayo. Quizá era la primera vez que su hermana le abrazaba. Y Naomi contuvo el aliento para ver cómo reaccionaba. Hasta que, lentamente, vio que, aunque tímidamente, le devolvía el abrazo.

Calíope lo soltó con un suspiro de alivio.

–Me cuesta creer que cumplas tu promesa. ¿Te he dicho ya lo importante que fue para mí que vinieras a mi boda?

–Unas treinta veces. El mismo número de veces que me has llamado.

Calíope lo miró sorprendida.

–¿Cuentas las llamadas?

–Solo las tuyas... Y las de Arístides. Las suyas son siempre para darme una mala noticia. Pero aún temo más las tuyas, *mikrá* Cali.

Calíope rio y volviéndose a Naomi, dijo:

–¿Crees que soy «pequeña»? Eso da una idea de la última vez que Andreas me vio de verdad –miró a su hermano–: No sé qué temes de mis llamadas. Solo son para ponerte al día y pedirte que nos visites.

–Lo que me da miedo es tu empeño en remodelarme.

–Creo que ya puedo delegar eso a otra persona –dijo Calíope, sonriendo a Naomi con complicidad.

Esta prefirió no aclararle las circunstancias. Solo podía pensar en marcharse y perder a Andreas de vista. Este la miró como si esperara su respuesta, pero al ver que Calíope hacía una mueca de dolor y se llevaba la mano al vientre, preguntó con gesto preocupado:

–¿Estás bien?

–Sí. Es solo que Tatjana Anastasia ha empezado sus acrobacias.

–¿Ya le habéis puesto nombre?

–Era el nombre de la madre de Maksim.

Andreas la miró con ternura.

–Tengo que decir que... estás preciosa. La vida de casada te ha sentado muy bien, aunque sé que ha habido algún problema

–Maksim es maravilloso. Y los problemas solo han servido para que todo fuera a mejor –dijo Calíope, con una sonrisa tan luminosa que casi cegó a Naomi. Riendo, señaló con el dedo a su hermano y añadió–: Deberías probarlo –y lanzó una mirada de adoración a su marido, que la miraba de la misma manera mientras charlaba con una de las hermanas Sarantos.

El amor que había entre ellos era tan palpable que Naomi tuvo que apartar la vista para no sentirse una intrusa.

Calíope miró entonces a su hermano de nuevo y dijo:

–Y seguro que cuando encuentres a tu alma gemela, tú también querrás tener hijos –y miró a Naomi con complicidad.

–Para eso tendría que tener un alma –dijo Andreas.

–Claro que la tienes, solo hay que desenterrarla.

–Mientras dejes que lo haga yo y no decidas empezar tú con las excavaciones…

A partir de ese momento, Calíope incorporó a Naomi en la conversación y esta solo pudo dejarlos cuando Hannah llamó su atención para decirle que se iba con Dora a la piscina.

Aunque contaba los minutos para poder marcharse, Naomi no tuvo más remedio que charlar con todos aquellos que amablemente se acercaban a ella y que la trataban como si formara parte de la familia. Lo que solo contribuyó a afianzar su decisión de no volver a verlos nunca más.

Aun así, disfrutó de la sensación de estar en una gran familia, del amor y de la complejidad de relaciones que se entretejían. Ella, que había perdido a su padre de pequeña, que había crecido con su madre y con Nadine; y que ya solo tenía a Hannah y a Dora, nunca había sabido lo que significaba pertenecer a un grupo como aquel.

Lo más interesante para ella fue ver cómo se relacionaban con Andreas, al que obviamente adoraban, pero con el que se notaba que no tenían apenas contacto. Y también le resultó fascinante observarlo a él e intuir que sí que le importaba su familia, especialmente Calíope y Arístides.

Por lo que dedujo de los detalles que le contaron unos y otros, y especialmente Calíope, el padre de los Sarantos era un encantador de serpientes que dejaba embarazada a su mujer cada vez que volvía de una de sus aventuras; y que había desaparecido definitivamente antes de que Calíope naciera.

Eso llevó a Naomi a plantearse si Andreas sería el único de los hermanos que había heredado la frialdad de él.

En las pocas ocasiones que coincidieron durante el resto de la fiesta, ya que Andreas desapareció en numerosas ocasiones, no hizo el menor esfuerzo por intentar aislarse de los demás con ella, y la trató con igual cortesía que en su última visita. Lo que a Naomi le sirvió para confirmar que había perdido interés en ella.

Y aunque le dolió aún más de lo que habría

imaginado, se consoló pensando que Dora estaba a salvo.

Al final de la velada, cuando ya se despedía y hacía promesas que sabía que no llegaría a cumplir, Andreas las observó desde cierta distancia. Hannah se adelantó para colocar a Dora en la sillita del coche, y ella, que estaba ansiosa por poner punto final a aquella tortura, dijo un último adiós general y se fue hacia la puerta precipitadamente.

Estaba casi fuera cuando Andreas le dio alcance.

–¿Lo has pasado bien? –Naomi se limitó a asentir con la cabeza porque temía echarse a llorar. Andreas añadió–: Todos están encantados de haberos conocido.

Naomi estuvo tentada de gritarle: «Menos tú. ¿Qué quieres ahora? Está claro que a mí, no». Pero no dijo nada y se concentró en bajar los peldaños que la separaban del coche.

Él le abrió la puerta y la mantuvo abierta una vez Naomi se sentó al volante. Inclinándose, clavó sus ojos en ella.

–Pensaba ir a verte mañana –dijo–. Iba a aparecer sin avisarte, pero sé que no te gustan las sorpresas.

Un ataque de rabia sacó a Naomi de su abatimiento.

–No me gusta que la gente aparezca sin previo aviso.

–Por eso te estoy pidiendo permiso.

–No, me estás informando de lo que vas a hacer.

Una vez más, percibió una mirada de confusión en Andreas, como si le desconcertara verla tan agitada.

–¿Puedo ir a tu casa mañana, Naomi?

«¿Para empezar de nuevo esta enloquecedora montaña rusa?», pensó ella.

–No –se limitó a decir en alto.

Y cerrando la puerta, arrancó y se alejó lentamente, mientras Andreas permanecía de pie, mirando alejarse el coche.

Cuando Naomi llegó a casa, una hora más tarde, después de haber dejado a Hannah en casa de su hermana Susan, metió a Dora en la cama. Tras cumplir con sus rutinas nocturnas, se acostó... Y finalmente, estalló en llanto.

Capítulo Nueve

Naomi se despertó encima de la almohada empapada y le dio los puñetazos que habría querido descargar sobre Andreas.

Saltó de la cama y aprovechó que Dora no se había despertado para ordenar y recoger la casa, y tratar de no pensar en Andreas.

Acababa de terminar de hacer un café cuando llamaron a la puerta. Asumiendo que le llevaban la compra del supermercado, miró por la mirilla y dio un salto atrás.

Andreas. Y no solo eso. Andreas con un gigantesco ramo de flores.

Alzó la voz para que la oyera a través de la puerta.

–Márchate, Andreas.

–No –respondió él al instante–. Si no me dejas pasar esperaré a que tengas que salir.

–No pienso salir en todo el fin de semana.

–Pues pasaré el fin de semana aquí.

Naomi no dudaba de que cumpliría la amenaza.

–Aun así, no pienso hablar contigo.

–Ya que estás hablándome ahora, podríamos hablar de algo más constructivo.

–Aquí tienes algo constructivo: tengo alergia a las flores.

–No es verdad.

–Te tengo alergia a ti.

Andreas suspiró profundamente.

–Está claro que te provoco reacciones incomprensibles.

–Te equivocas. Son perfectamente explicables.

–Para mí no. Ayúdame a entenderlas.

–Escucha, esto es una estupidez.

–Es lo primero en lo que estamos de acuerdo.

Fue el turno de que Naomi suspirara.

–¿Te ha sugerido Arístides lo de las flores o han sido Selene o Calíope?

–Comprendo tu escepticismo, pero tanto las flores como los colores, que me recuerdan a ti, son mi forma de intentar romper el inexplicable punto al que llegamos la otra noche; una ofrenda de paz para esta guerra unilateral que sostienes contra mí.

–¿De verdad que no comprendes nada?

–No.

–¿Y si te digo que no estoy a tu disposición para que aparezcas y desaparezcas a tu antojo?

–No he desaparecido.

–¿Cómo llamas a lo que hiciste después de la cita con Arístides?

–Yo lo llamaría: darte tiempo para que te tranquilizaras.

–¿Cómo iba a tranquilizarme si me estaba volviendo loca intentando adivinar qué habías decidido?

–Pensaba que no querrías oírlo de mí y que

Arístides te habría contado cómo fue el encuentro.

–¿Cómo iba a decírmelo si tampoco lo sabía? Luego viniste a pasar la tarde, y después de no decir nada, desapareciste durante una semana entera. La siguiente vez que nos vimos fue por pura coincidencia, y ¡tampoco dijiste nada!

–Lo he hecho a propósito.

Naomi se quedó muda antes de soltar una amarga risa.

–Y pensar que no quería creer que jugabas conmigo.

–Yo nunca he jugado contigo.

–Es el eufemismo con el que me refiero a la manipulación a la que me has sometido desde que has vuelto.

–¿Qué manipulación, si te dije que iba a reclamar a Dorothea, no a quitártela?

Naomi no supo qué decir.

–En cuanto a lo que llamas mi segunda desaparición, fue el tiempo que necesité para organizar la reunión familiar.

Naomi abrió la puerta.

–¿Cómo?

Verlo hizo que la cabeza le diera vueltas. Con las piernas separadas, estaba plantado como si se preparara para una pelea; sujetaba el ramo con una mano, a lo largo de la pierna. Estaba guapísimo, y sin embargo, cuando Naomi lo observó más detenidamente, vio que tenía expresión cansada.

–¿Puedo pasar?

–Has dicho eso solo para que te dejara entrar.

–Tengo muchos defectos, Naomi, pero mentir no es uno de ellos.

Puesto que sabía que eso era verdad, Naomi ya no sabía qué pensar de todo. Con un gesto de exasperación, dirigido más a sí misma que a él, se echó a un lado para dejarle pasar.

Andreas fue hacia el salón, dejó el ramo sobre una mesa y al volverse, Naomi creyó ver desilusión en su mirada:

–¿Por qué no está Dorothea levantada?

–Está durmiendo. Debe de estar exhausta después de haber pasado ayer la tarde jugando con tus sobrinos.

Andreas no pareció convencido.

–Hannah dijo que suele despertarse a las seis. Son las nueve. Y ayer pasó mucho tiempo bajo el sol en la piscina. Puede que no se encuentre bien.

–¿Qué te hace pensar eso?

–Lo sé porque pasé la mayor parte del tiempo con ella.

Así que por eso había desaparecido de la fiesta en diversas ocasiones.

De pronto Naomi se preocupó. Era verdad que había dejado a Dora al cuidado de Hannah asumiendo que sabría cuando la niña habría tenido bastante. Pero... ¿había respirado demasiado profundo mientras dormía? ¿Presentaba síntomas de insolación?

Naomi fue precipitadamente a su dormitorio, seguida por Andreas. Cuando se inclinó sobre la cuna para ponerle la mano en la frente a la niña, el corazón le latía desbocado… pero se tranquilizó al instante. Dora no tenía fiebre.

Antes de que pudiera incorporarse, Andreas se inclinó a su vez detrás de ella, ansioso por comprobar por sí mismo que la niña estaba bien. En cuanto la tocó, Dora le tomó la mano y, gorjeando, se giró de costado, llevándose la mano consigo y apoyando en ella la mejilla, de manera que tanto él como Naomi quedaron atrapados.

–¿Se despertará si la retiro? –susurró Andreas, acariciándole la oreja a Naomi con el aliento.

Al girarse ella, prácticamente le rozó el cuello con los labios.

–De todas formas, no tardará en despertar.

–Preferiría no ser yo la causa.

–Casi lo prefiero. Si tarda más va a trastocar todo su horario. Vamos, retira la mano a ver qué pasa.

Andreas lo intentó, pero Dora se limitó a emitir otro de sus ruiditos y a asirle la mano con más firmeza.

–Recurramos a un método más directo –musitó Naomi. Pero cuando fue a tomar a Dora, Andreas alargo su otra mano y la detuvo.

Al volverse, Naomi creyó ver la… emoción con la que Andreas estaba observando a Dora, y se le derritió el corazón.

–Parece tan serena –dijo él en un susurró que sonó a letanía.

A Andreas le rompía el corazón despertar a

Dora. ¿De pronto Andreas tenía corazón? Parecía haberle brotado, por lo menos en relación a la niña.

Desconcertada, Naomi alzó la voz con el propósito de despertarla.

–Si le dejamos dormir más y alteramos su rutina, se pondrá de mal humor y ya no te parecerá tan encantadora.

Andreas retiró su mano con cuidado pero con firmeza. Dora protestó, se giró de espaldas y abrió los ojos. Naomi oyó la exclamación ahogada de Andreas.

–Es hora de levantarse, dormilona –dijo Naomi, acariciando la cabeza a la niña.

Los ojos de Dora chispearon al verla, y cuando miró a su lado y su mirada y la de Andreas se encontraron, Naomi contuvo el aliento. Dora emitió un gritito de felicidad, trepó por la barandilla de la cuna y saltó arriba y abajo, con una sonrisa que dejó a la vista los dientes que le habían salido.

–¿Siempre se despierta tan animada? –preguntó Andreas, acariciándole la mejilla.

Naomi sentía la emoción atenazándole la garganta.

–Casi siempre. Pero hoy, especialmente.

–Debe de ser por la novedad de que esté yo.

Naomi quiso ser honesta y apuntó:

–No suele ponerse tan contenta con la gente que no conoce. Esto es especial.

–¿De verdad?

Andreas pareció tan contento que Naomi casi

se frotó los ojos para asegurarse de que no estaba soñando. Con un suspiro, dijo:

–¿Estás esperando a que te pida educadamente que la saques de la cuna?

–Eso solo fue cuando estuvo caprichosa –se justificó Andreas.

Luego se inclinó y levantó a Dora, que pataleó y rio entusiasmada.

–*Sygnómi*, Dorothea, era más fácil entenderte cuando intentabas trepar por mi pierna.

Oír que se disculpaba tan solemnemente con Dora hizo estallar a Naomi en una carcajada.

Tanto él como Dora la miraron, perplejos.

–No dejéis que os interrumpa –dijo ella, dirigiéndose al cambiador.

Andreas la siguió, depositó a Dora y le dejó cambiarla. Pero en cuanto terminó, volvió a tomarla en brazos. Cuando se disculpó por no cambiarla él ya que tenía que aprender, Naomi rio de nuevo y fue hacia la cocina, seguida por Andreas con Dora y los gatos pegados a sus pies.

Mientras preparaba el desayuno, Naomi decidió posponer las preguntas. Andreas dejó a Dora en la trona y ella pidió sus juguetes con zalamería.

Luego Andreas ayudó a Naomi con el desayuno y trabajaron cómoda y relajadamente, igual que hacía varios días, solo que Naomi sintió que, más que una estrategia por parte de Andreas, era simplemente... un hecho.

Mientras desayunaban, y como si hubieran alcanzado un mudo acuerdo, ninguno de los dos sacó ningún tema que pudiera romper la armonía.

Después, ya en el salón, Naomi repartió el ramo en varios floreros, y cuando Dora estuvo entretenida con sus juguetes, Andreas explicó el comentario que había hecho que Naomi finalmente abriera la puerta.

–Después de marcharme la noche que cené aquí, decidí organizar una reunión para que mi familia os conociera a Dora y a ti. Pero primero tenía que elegir un sitio.

–¿La casa de Manhattan Beach no era de Arístides y Selene?

–No, su casa está a unos kilómetros.

Naomi se quedó desconcertada, pero recordó que cuando Selene la llamó, mencionó una reunión familiar, no que se celebrara en su casa.

–Tardé una semana en organizarlo todo –añadió Andreas.

–¿Te tomaste tanto trabajo para acabar ignorándome? –preguntó ella sin salir de su sorpresa.

Entonces fue Andreas quien pareció desconcertado.

–¿Por qué interpretas mis acciones de una manera tan extraña? Pretendía darte la oportunidad de conocer a mi numerosa familia. Fui yo quien pensó que no te apetecía verme; aunque ahora comprendo por qué.

–Podrías habérmelo dicho –dijo Naomi.

–¿Para que te negaras a venir? No se me pasó

por la cabeza. Además, todavía estaba dando los pasos necesarios para llegar a la decisión que querías.

Naomi sacudió la cabeza. Que Andreas se hubiera esforzado tanto solo se explicaba por el fuerte vínculo que había establecido con Dora, en parte por la intensidad de los sentimientos que lo habían unido a Petros. ¿Cómo era posible que sus sentimientos hubieran estado adormecidos durante tanto tiempo y que fuera finalmente una niña quien los despertara?

Tenía sentido. Y también explicaba por qué no la había intentado tocar a ella desde hacía diez días. El interés de Andreas se concentraba en Dora.

–Nunca te he hablado de Petros y de mí.

–Nunca me has hablado de nada, Andreas –dijo Naomi con la misma solemnidad que había usado él.

Él asintió con la cabeza, y por la forma en la que la miró, Naomi supo que en aquella ocasión sí iba a decirle algo, y parecía importante.

–Antes, tienes que saber algo de mi familia. Mi padre era un sinvergüenza y egoísta bastardo al que apenas veíamos; mientras que mi madre era una mujer frágil y sentimental que se dejaba utilizar. Y nosotros estábamos en medio. Como Arístides era el mayor, fue el primero en sufrir las consecuencias; tuvo que dejar el colegio a los trece años y buscar trabajo para mantenernos.

Queriendo evitarle lo que ya sabía, Naomi lo interrumpió:

–Calíope me contó algo de eso.

Andreas resopló.

–Pero lo que no te pudo contar fue que, al irse Arístides, me correspondió a mí, como «hombre de la casa», cuidar de mis hermanas de otra manera. Había una pandilla que mandaba en el barrio y que exigía que un miembro de la familia les prestara servicios. Yo me ofrecí como voluntario de mi familia y de la de Petros.

Naomi se inclinó hacia adelante con el corazón desbocado. No se había esperado nada parecido a aquello.

–¿Te ofreciste en lugar de Petros?

–No podía hacer otra cosa. Él siempre había sido muy sensible y no habría sobrevivido a la violencia de aquel mundo, mientras que yo era alto, fuerte y agresivo. El líder de la pandilla me tomó cariño y me dio trabajo.

»Tres años más tarde, Arístides nos trajo a Estados Unidos. Yo lo mantuve en secreto porque la pandilla no me habría dejado marcharme; y prometí a Petros que cuidaría de él. Le mandé todo el dinero que gané mientras estudiaba y trabajaba para que pudiera mantener a sus padres enfermos y pagar el tributo que exigía la pandilla a cambio mi desaparición. Pero cuando fui a por Petros en cuanto acabé la universidad, lo encontré en la más absoluta miseria. La pandilla de mafiosos se había quedado con todo el dinero, y me exigían tres millones de dólares para dejar venir a Petros y a su familia conmigo. Querían que se los pidiera a Arístides, pero cuando me negué, me hicieron otra oferta: permanecer a su servicio durante cinco años a cambio de mi libertad. Y yo accedí.

Naomi tenía el corazón en un puño. Tras una breve pausa, Andreas continuó:

–Y durante cinco años les ayudé a defraudar y a blanquear dinero. Pero al acabar el plazo, decidieron que era demasiado valioso como para perderme. Entonces me enfrenté con el jefe, mi mentor, que me echó en cara que quisiera dejarlo «con todo lo que había hecho por mí».

–¡Pero si te había destrozado la vida, te había esclavizado! ¡Era un monstruo!

–Lo que sentía por mí tenía un punto de locura. Me consideraba su hijo y se sentía orgulloso de mí. Había interpretado mi silencio y eficiente actuación y adhesión al grupo, y había decidido nombrarme su sucesor.

–¿Y pensó que debías amarlo y estarle agradecido? Solo oírlo me dan ganas de estrangularlo.

–No hace falta. Ya lo hice yo.

Naomi miró a Andreas boquiabierta.

–¿Tú…?

–Lo maté. Aunque supongo que en defensa propia.

–¿Qué-qué quieres decir? –balbució Naomi.

–Cuando me dijo que sabía demasiados secretos como para dejarme ir, yo le dije lo que verdaderamente pensaba de él. Entonces me atacó con un machete… Y de pronto, estaba a mis pies, muerto.

–¿Entonces por qué dices que «supones» que fue en defensa propia? ¡Lo fue!

–Porque la pelea transcurrió en una nebulosa y sé que quise verlo muerto.

–Eso no significa que no fuera en defensa propia.

Andreas le agradeció su incondicionalidad con la mirada, pero no pareció convencido.

–Fuera lo que fuera, salí libre. Me entregué a la policía de Creta, que se vio encantada de librarse de aquel mafioso y de que encima fuera yo quien había acabado con él. Atribuyeron su muerte al líder de un grupo rival y hasta me ayudaron a salir de Creta con Petros y su familia. Apenas habíamos vuelto cuando descubrí que la pesadilla no había terminado.

En la pausa que siguió, Naomi le asió del brazo.

–¡Cuéntamelo todo!

A Andreas le sorprendió su agitación, pero parecía agradarle que se sintiera tan implicada.

–Me llamó la mujer del muerto, que se convirtió en la nueva líder de la pandilla. No sé cómo, había averiguado que yo había matado a su marido, y juró que, puesto que yo le había privado del amor de su vida, ella atacaría a todo aquel a quien yo amara. Yo le dije despectivamente que gracias a su marido, estaba solo. Había perdido contacto con mi familia, y Petros… era más una mascota que un ser querido.

Naomi sabía que solo había dicho aquello para librarse de aquella bruja.

–¿Te creyó? –preguntó.

–Respecto a Petros, sí. Pero me dijo que algún día volvería junto a mi familia o conocería alguien, y que entonces atacaría.

Naomi se desplomó sobre el respaldo. Aquello era tan espantoso y explicaba tantas cosas... Andreas continuó:

–Pensé que no tendría problemas porque mi familia no quería nada conmigo. Sin embargo, con el tiempo, quisieron contactar conmigo, y empecé a angustiarme. Entonces te conocí a ti.

Naomi se quedó sin aire en los pulmones.

–De pronto no pude soportar la presión y fui a Creta a negociar un acuerdo con el cártel rival, para neutralizar la amenaza de I Kyría, el nombre con el que se conocía a la mujer.

–¿Fue-fue entonces cuando nos salvaste a Malcolm y a mí de Christos Stephanides?

–Así es. Malcolm llevaba tiempo intentando hacer negocios conmigo, y cuando supe que trabajabais juntos, me decidí a dar el paso.

–¿Nos estabas siguiendo?

–Te seguía a ti.

Así que Nadine había estado en lo cierto.

–Sé que crees que te salvé, pero dudo que Christos hubiera cumplido su amenaza –continuó Andreas–. En cambio no tuve suerte en llegar a un acuerdo porque no pude proporcionarles toda la información que me pedían.

–¿Y no bastó con que les ofrecieras dinero?

–No era cuestión de dinero, sino de influencias. Y yo no quería volver a verme implicado en ese mundo.

–¿Qué pasó entonces? –preguntó Naomi con la voz quebrada.

–Hice la mayor estupidez de mi vida. Presentarme en el despacho de Malcolm para tener la excusa de verte. Y ya sabes lo que pasó… Tú fuiste la primera mujer a la que deseé, y eso era lo que I Kyría estaba esperando. Supe que te convertirías en su blanco si averiguaba lo nuestro.

¡Por eso había exigido que su boda fuera un secreto y la había mantenido a ella en la sombra!

–¿Por qué no me lo contaste? –era la única pregunta que le quedaba a Naomi.

Andreas resopló.

–¿Que era un criminal y un asesino y que estando conmigo podías ser víctima de un grupo mafioso?

–¡Tú no eres nada de eso! –exclamó Naomi, poniéndose en pie de un salto–. Te obligaron a hacer lo que hiciste. Si me lo hubieras dicho, habría comprendido la necesidad de mantener el secreto.

Andreas pareció sorprendido por su reacción.

–Temí que me dejaras –dijo. Y riendo con amargura, añadió–: Pero al final me dejaste precisamente por no decírtelo. Si no te concedí el divorcio inmediatamente fue porque todavía pensaba que podría llegar a negociar con I Kyría. Durante un tiempo, me hizo creer que podríamos llegar a un acuerdo, pero solo fue para despertarme vanas esperanzas. Su odio por mí se había convertido en su razón de ser; y tuve la seguridad de que hasta ese momento habíamos tenido suerte, pero que si retomábamos nuestra relación, nos descubriría. Así que firmé los papeles del divorcio y rompí con todos, incluso con Petros.

Por fin todo tenía sentido. Un espantoso sentido.

–No pude acudir al funeral de Leónidas, ni a la boda de Arístides. Fui a la de Calíope porque se celebró en un remoto pueblo de Rusia. Pero supe que si iba al funeral de Petros y de Nadine, os convertiría a ti y a Dorothea en objetivos.

–¿Y cómo has podido finalmente venir? –preguntó Naomi en un susurró. La mirada que le dirigió Andreas hizo que balbuciera–: ¿La has-la has…?

–Aunque llevaba años deseando enviarla junto a su marido, no soy ningún asesino. Además, estaba seguro de que habría dejado instrucciones a sus matones para que acabaran conmigo. Aun así fui a su funeral porque, en cierta manera, fue la muerte de su marido lo que la enloqueció y la volvió contra mí.

–¿Y qué pasó? –preguntó Naomi, abriendo los ojos desmesuradamente.

–Se acercó a hablarme su hijo mayor –dijo Andreas con un suspiro–, y me dijo que el deseo de venganza moría con su madre, que condenaba las actividades criminales de su familia y que me pedía perdón.

–¿De verdad?

–A mí también me costó creer que estuviera libre por primera vez desde los trece años, que mis seres queridos ya no corrieran peligro por mi culpa.

Naomi estaba paralizada por la acumulación de información y emociones.

–Vine a verte ese mismo día. Estabas trabajando y te esperé.

Naomi se dio cuenta de que era la primera vez que le veía sonreír.

–¡Es la primera vez que sonríes! –exclamó.

–Creo que es el alivio de haberlo contado. Solo Petros lo sabía –antes de que Naomi hiciera preguntas, Andreas añadió–: Con la vida que había llevado, mis sentimientos estaban anestesiados y, aunque no pretenda justificarme, creo que, cuando nos conocimos, no estaba preparado para una relación.

Naomi se inclinó hacia él, queriendo corregirle.

–¿Cómo que no tenías sentimientos si sacrificaste tu vida por tu familia y por Petros?

–Nunca me lo he planteado de esa manera –dijo él, frunciendo el ceño–. Asumía que era mi responsabilidad.

–Y para poder operar con la máxima eficacia, tuviste que bloquear tus emociones.

–Puede que tengas razón –dijo él tras una pausa–. Estaba tan acostumbrado a reprimir mis emociones que ni siquiera manifestaba rabia. Pero cuando me sentí libre, supe que podía cumplir los deseos de Petros –Andreas tomó de las manos a Naomi–. Y ahora que he conocido a Dorothea, quiero mucho más de lo que imaginaba, y aunque sé que nunca llegaré a ser el padre que Petros habría sido, te juro que Dorothea podrá contar siempre conmigo.

La apasionada declaración se le clavó en el corazón a Naomi porque, sabiendo lo que sabía, no le cupo la menor duda de que Andreas cumpliría su palabra.

–Harás bien cualquier cosa que te propongas –dijo, conteniendo el llanto.

–Pero solo será posible si formo parte de su vida diaria.

Naomi habría querido oír que también de la suya, pero él mismo había dicho que había vuelto por la niña; que ella quedaba en un segundo plano.

Hasta hacía una hora, el objetivo de Naomi había sido ponerse a sí misma y a Dora a salvo, pero en aquel momento solo quería concederle a Andreas lo que quisiera, tratar de aliviar su dolor aunque fuera contra sus propios intereses. Solo cabía una respuesta posible:

–Accederé a todo lo que quieras.

Andreas la miró con un inmenso alivio y, tomándole las manos con gesto suplicante, dijo:

–Entonces, vente a vivir conmigo.

Capítulo Diez

–¡Que tiemble el mundo: llega Dorothea!

Naomi alzó la vista del periódico que estaba leyendo y, como de costumbre, ver a Andreas con Dora le cortó la respiración.

Le tocaba a él ocuparse de la rutina matutina de la niña, que dedicaba sus mejores sonrisas a su padre, que era en lo que Andreas se había convertido en el mes que llevaban juntos en la casa de Manhattan Beach.

Un mes durante el que se había convertido en un padre modélico, así como en un anfitrión y compañero de piso excepcional para Naomi... Y nada más. No le había dedicado ni una mirada provocadora, ni la había tocado.

Andreas llevó a Dora como si fuera un avión hasta Hannah para que le diera un beso, e hizo lo mismo con Naomi. Luego la dejó en la trona. Después de prepararle el desayuno y servirse un café, Andreas se sentó frente a Naomi en la isleta.

–¿Hay algún plan especial para hoy?

Hannah contestó:

–Yo me voy a Connecticut en cuanto uno de los dos vuelva del trabajo.

–Puedes irte ahora mismo –dijo Andreas, volviéndose hacia ella–. Yo puedo trabajar desde casa. Avisa a Steve cuando estés lista.

–Muchas gracias. Así me dará más tiempo.

–Pues no hay más que hablar –dijo Andreas con una sonrisa que cada vez afloraba a sus labios con más facilidad. Entonces se volvió a Naomi y dijo–: Solo quedamos tú y yo; a no ser que hayas hecho planes por tu cuenta.

Naomi se alegró de que así fuera.

–He quedado con Malcolm después del trabajo. Vamos a cenar con unos posibles clientes. ¿Qué tenías pensado?

Andreas se volvió hacia Dora con un gesto de leve desilusión.

–Parece que nos toca celebrar solos, princesa.

Naomi sintió que el corazón se le encogía al oír el cariñoso apelativo.

–¿Qué vas a celebrar?

–Que lleváis un mes aquí.

–¡Qué lástima! De haberlo sabido... –empezó Hannah.

Pero Andreas la interrumpió con un gesto de la mano.

–Habrá muchas más oportunidades –dijo. Y limpió el desastre que había hecho Dora al intentar comer sola–. Por ejemplo, el cumpleaños de Dorothea dentro de un mes. ¿Qué os parece?

Después de que las dos mujeres aprobaran la propuesta, Hannah se fue, no sin antes dirigir una mirada a Naomi con la que claramente le dijo: «¿Estás loca yendo con Malcolm cuando podrías quedarte con Andreas, aprovechando que os dejo solos?».

Naomi desvió la mirada, fingió tener prisa, y tras dar un beso a Dora, se fue.

Cuando por fin Andreas era libre para expresar sus sentimientos, la pasión que sentía por ella en el pasado, se había diluido. Solo le quedaba confiar en que algún día, también sus sentimientos por él se mitigaran.

–Yo creo que el contrato es nuestro, Naomi.

Ella sonrió a Malcolm desde el otro lado de la mesa.

–La verdad es que hemos resultado muy convincentes.

–Hacemos un gran equipo –dijo Malcolm con ojos chispeantes, antes de adoptar una actitud solemne–. Y creo que ha llegado el momento de que llevemos más allá tanto nuestra colaboración como nuestra amistad.

¡No, por favor, no!

Malcolm continuó, ajeno a la angustia de Naomi.

–Imagina el gran equipo que formaríamos en casa, como padres de Dora.

Naomi le tomó la mano y se la apretó, en una muda súplica para que no siguiera.

–Me temo que no funcionaría, Malcolm. Sé que serías un marido perfecto, como lo fuiste para Zoe, pero aunque te quiero, no estoy enamorada de ti. Y-y, espero que esto no se convierta en un problema entre nosotros.

Malcolm la miró desilusionado, pero comprensivo. Luego cubrió la mano de Naomi con la suya.

–¿Por qué iba a ser un problema? Somos amigos, y eso es lo importante. Yo tampoco estoy enamorado de ti, pero pensaba que lo que sentía por ti bastaría, aunque supongo que tienes razón. Nunca amaré a nadie como amé a Zoe –de pronto sonrió–. Por cierto, ¿sabes que igual tenemos entre manos algo aún más importante que este contrato?

Aliviada, Naomi preguntó:

–¿El qué?

–Andreas Sarantos llamó ayer y dijo que se pasaría mañana para hablar conmigo. ¡Puede que por fin vaya a apoyar económicamente a SUN Developments!

Andreas no le había dicho anda a Naomi; y tampoco ella le había contado a Malcolm lo que había entre ellos. Pero, puesto que ya no era un secreto, quiso informar a su socio antes de que se enterara por otros medios. Y le contó todo. O al menos lo que se refería al testamento de Petros y Dora, y al hecho de que vivían juntos.

Malcolm la escuchó atónito. Al terminar, emitió un silbido.

–¡Vaya! ¿Y cómo lo llevas?

–Sin ningún problema –mintió Naomi.

–¿Y dices que Dora se ha encariñado con él?

–Lo adora.

Malcolm la miró pensativo.

–¿Es Andreas la causa de que ni siquiera te plantees mi oferta? –preguntó.

–No.

–¿Pero aunque él no haya dado el paso, te cuesta imaginarte con otra persona?

Malcolm estaba siendo tan comprensivo que Naomi se descubrió asintiendo con la cabeza. Entonces él se inclinó hacia ella con expresión seria.

–¿Esto viene desde que os conocisteis? –Naomi asintió de nuevo y Malcolm añadió–: No comprendo cómo no se lanza, sobre todo ahora.

–Odio usar un cliché pero... es una cuestión complicada.

–Supongo que sí –dijo Malcolm, dando un suspiro.

Tras un breve silencio, Naomi dijo:

–¿Te importa si nos vamos?

Aunque no le apetecía volver junto a Andreas y su impersonal amabilidad, la conversación la había dejado exhausta.

–Claro que no.

Tras pagar la cuenta, salieron del restaurante. Mientras esperaban a que el portero les acercara el coche, Malcolm comentó en tono preocupado:

–Ya no estoy seguro de querer el apoyo de Andreas.

Naomi le tomó del brazo.

–Por favor, no dejes que lo que te he contado te influya. Mi situación personal no tiene nada que ver con que hagamos negocios con él.

–Yo no estoy tan seguro. Hasta hace un momento, pensaba que era un hombre con un criterio excelente. Pero ahora lo veo como un tipo tan ciego que no ve el diamante que tiene ante sí.

–Gracias, Malcolm –dijo Naomi, soltando una carcajada ante el piropo.

–Puede que aproveche para decirle lo que pienso de él.

–¡No, por favor, no me menciones! –Naomi le sostuvo la mirada hasta que él asintió–. Y... siento haberte decepcionado.

Malcolm hizo un ademán con la mano, quitándole importancia.

–Tú nunca me decepcionas.

Emocionada por la incondicionalidad de su amigo, Naomi le dio un abrazo y luego se montó en el coche y arrancó.

Naomi entró en casa de Andreas sintiéndose prisionera. Se preguntó si debía decirle cómo se sentía, admitir que todavía lo deseaba. Pero siempre temía perturbar la paz de Dora.

Loki y Thor acudieron a recibirla. Tomándolos, los abrazó y fue al salón. Pero se quedó paralizada al ver a Andreas de pie, en medio de la habitación, descalzo, con la camisa desabrochada y un vaso en la mano. Se acercó a él, y al ver que parecía inquieto, preguntó:

–¿Pasa algo? ¿Está bien Dora?

En lugar de contestar, Andreas dejó el vaso en una mesa y dijo:

–Deja los gatos en el suelo, Naomi.

Ella obedeció mecánicamente y, al alzar la mirada hacia él, vio que se aproximaba lentamente. Con voz ronca, le oyó decir:

–Llevo cuarenta y una noches aguantando, Naomi. Pero se acabó.

¿Había contado las noches desde que habían hecho el amor?

–Andreas...

No pudo decir más porque él la tomó en brazos y la llevó hasta su dormitorio, hasta su cama. Antes de que pudiera recuperar el aliento, se colocó sobre ella de rodillas y la desnudo ávidamente.

–Andreas... –fue todo lo que pudo decir Naomi de nuevo, mientras lo veía desnudarse con la misma precipitación con la que la había desnudado a ella.

Luego se echó sobre ella y frotó su torso contra su pecho.

–Llevo cuarenta y una noches esperando esto, Naomi.

Le hizo sentir su sexo endurecido en la pelvis y ella abrió las piernas, suplicando que la invadiera. Él le tomó el cabello y le echó la cabeza hacia atrás a la vez que la besaba frenéticamente, recorriéndole con los labios el cuello, el pecho. La hizo girarse boca abajo y le atrapó los senos con las manos al tiempo que le hacía sentir su sexo entre las nalgas.

Naomi meció las caderas, sentía toda la sangre en su centro vital. Andreas gimió.

–Eso es, *agápi mou*, demuéstrame cuánto me deseas.

Y ella lo hizo. Giró la cabeza, buscando sus labios ciegamente, retorciéndose bajo él como una gata en celo. Sentía que el cuerpo se le desintegraba con la imperiosa necesidad de sentirlo dentro. Andreas le mordió la base del cuello, junto al hombro, sujetándola a la vez que le acariciaba el sexo y la arrastraba a un violento clímax.

Mientras seguían las contracciones y sin dejar de tocarla, le colocó una almohada bajo las caderas, le abrió los muslos y la penetro profundamente.

Naomi sintió el placer estallar en cada célula que abrazaba su caliente y duro miembro. Andreas se meció en su interior mientras mascullaba palabras obscenas y le devoraba la boca, empujándola de nuevo hacia la total inconsciencia. El éxtasis replicaba en su interior con cada empuje, como una ola que rompiera en la orilla una y otra vez. Y justo cuando estaba a punto de estallar, Andreas la volteó de nuevo, abriéndola con sus manos y su sexo para volver a adentrarse en su interior.

–Ahora, *agápi mou.* Piérdete conmigo... Ahora.

Y así fue. Las sacudidas se sucedieron con cada embate, acrecentándose, contrayéndose en torno a él entre jadeos y gemidos, en un éxtasis alucinado en el que Naomi creyó disolverse en Andreas.

En medio del delirio, le oyó gemir su propia liberación y sintió su semilla humedecerla y provocar una nueva devastadora ola que la sacudió hasta la médula.

No supo si pasaron minutos u horas antes de que recuperara la consciencia. Andreas seguía en su interior, duro y pulsante, provocándole un estado de continuos miniorgasmos.

Él la observaba como un depredador, y en cuanto sus miradas se encontraron, dijo:

–Llama a Malcolm y sácalo de su incertidumbre.

Naomi alzó la cabeza bruscamente.

–¿Qué has dicho?

–¿No te ha pedido que te cases con él? –preguntó Andreas en tono acusador.

Naomi se echó a un lado.

–¿Cómo lo sabes?

Andreas no intentó retenerla.

–Por algo que me dijo cuando hablé con él. ¿Te lo ha pedido o no?

–Y le he dicho que no –Naomi sintió que el corazón se le desplomaba. Se sentó–. ¿Tiene eso algo que ver con lo que acaba de pasar? ¿Querías asegurarte de que lo rechazaba?

Andreas la atrajo hacia sí.

–No podía soportar que pasaras a considerarme un amigo mientras otro hombre te seducía.

Naomi se soltó de sus brazos.

–No tenías que haberte molestado.

–Esto habría pasado antes o después. Tengo que darle las gracias por haberlo acelerado.

–Pues espero que estés satisfecho.

Andreas la asió con firmeza, obligándola a dejar de forcejear.

–No estoy en absoluto satisfecho –dijo con una mirada feroz–. Para eso necesitaría una dieta intensiva de ti.

Si eso era verdad, ¿por qué se había comportado tan fríamente aquel mes?

–Creía que ya no te interesaba mi oferta.

–¿La de sexo ilimitado? Claro que no. Ni siquiera quiero volver a casarme contigo.

Aquellas palabras fueron como una bofetada para Naomi. Aunque lo supiera, oírselo decir resultaba demasiado doloroso.

–Quiero casarme contigo. La primera vez no cuenta.

Naomi miró a Andreas con ojos como platos.

–He intentado demostrarte que lo nuestro es posible, que Dora y tú podéis contar conmigo. He hecho el esfuerzo de eliminar el sexo, pero ya ves que soy débil.

¿Todo aquel tiempo había sido una prueba para demostrarle que podía ser un hombre de familia?

Naomi alzó una mano temblorosa a su mejilla.

–Ojalá te hubieras dado antes por vencido. Aunque tengo que admitir que me ha gustado conocer tus otras facetas.

Andreas la miró con ansiedad.

–¿Lo dices en serio?

–Completamente –dijo ella, dándole un beso en su ceño fruncido.

–Quiero que olvides el pasado –dijo él, abrazándola con fuerza.

Ella se separó para mirarlo con picardía.

–Tengo algunos recuerdos que preferiría conservar.

–Olvídalos. Pienso proporcionarte muchos más, tantos como tu voluptuoso cuerpo aguante.

Naomi pensó que su sueño prácticamente se había hecho realidad. Excepto que Andreas no había mencionado el amor.

Pero al menos la deseaba y quería formar una familia con ella y con Dora. Eso debía ser suficiente por el momento, y solo le quedaba rezar para que algún día la amara.

Andreas comenzó a hacerle el amor de nuevo, pero antes de adentrarse en ella, cuando Naomi ya se estremecía, susurró:

–No has dicho que sí, *agápi mou.*

–Sí, Andreas, sí –dijo ella, guiándolo a su interior.

Capítulo Once

Despertar junto a Andreas después de hacer el amor hasta bien entrada la noche y luego charlar durante horas mientras seguían entrelazados se había convertido en la nueva adicción de Naomi.

Se habían incorporado a la vida del clan Sarantos y a la suya, de padres de familia, como si fuera lo más natural, además de continuar con su activa vida profesional. Mantener aquel excitante equilibrio solo fue posible por el apoyo que se proporcionaban el uno al otro. O al menos Naomi confiaba en que Andreas la considerara tan vital como ella a él.

Andreas insistía en que se estaba descubriendo a sí mismo gracias a ella y Naomi confiaba en estar contribuyendo a que ahuyentara sus fantasmas y a que liberara sus emociones.

Andreas alzó la cabeza después de frotar la nariz contra su cuello y la miró apasionadamente.

Habían estado hablando del cumpleaños de Dora y bromeando con los planes para el siguiente.

–Aunque supongo que para cuando cumpla dos años, será ella quien diga lo que quiere –bromeó.

Naomi rio.

–¿Estás hablando en serio? –preguntó ella, que

prefería concentrarse en el presente.–. ¿De verdad quieres que hagamos planes con un año de antelación?

Andreas la atrajo hacia sí, acariciándole las piernas sensualmente con la suya.

–No te rías de un pobre hombre que ha pasado de no sentir a sentir demasiado.

Hundió los dedos en el cabello de Andreas.

–Solo lo hago porque pareces disfrutar con el cambio.

–¡Sería imposible no disfrutarlo! –dijo él, mirándola súbitamente con seriedad–. Todavía recuerdo cuando me daba miedo pensar en tener hijos.

Naomi sintió que el corazón se le encogía al recordar la conversación que había llevado a su primera ruptura. Recorrió su mejilla con los dedos.

–Era un miedo causado por el temor a heredar la crueldad de tu padre. Pero las personas sin sentimientos no tienen miedo a hacer daño a los demás.

–No quería ponerme a prueba y comprobar si era o no como mi padre –dijo Andreas, pensativo–. Hasta que el destino me trajo a Dorothea.

La emoción contenida en aquellas palabras hizo que Naomi preguntara algo por primera vez:

–¿Por qué nunca la llamas Dora?

–Siempre he pensado en ella con ese nombre, desde que supe de su existencia y pensé que era una criatura mágica que no me merecía –dijo Andreas, esbozando una sonrisa de ternura. De pronto cambió de actitud, como si lo asaltara una idea–: Pero si lo prefieres, la llamaré Dora.

–¡No, no! –dijo Naomi con la misma ternura–. Es parte de lo que hace que tengáis un vínculo especial; algo que solo os pertenece a vosotros.

–Fue increíble lo que me pasó en cuanto la vi. Tuve la sensación de que todo lo mejor de Petros se concentraba en ella, y que me reconocía instintivamente. De inmediato, sentí una imperiosa necesidad de protegerla, pero el miedo a no merecerla me paralizó.

–No te costó mucho cambiar de idea.

–Tome la decisión el mismo día de la fiesta en Manhattan Beach. Aun así, seguía sin saber cómo reaccionaría a la larga, cuando formara parte de mi vida diaria. Pero después de un mes lo tuve claro. Lo que sentía por ella solo podía fortalecerse con el tiempo. Haría por ella cualquier cosa; y jamás podría querer a nadie más de lo que quiero a nuestra preciosa Dorothea.

¿Ni siquiera a un hijo de ellos dos?

Era demasiado pronto para plantearse esa posibilidad, y Naomi se había puesto un DIU, pero albergaba la esperanza de que el momento acabara presentándose.

Sin embargo, una duda la asaltaba a menudo. ¿Y si Andreas quería a Dora porque ya existía pero no quería más hijos?

Naomi estuvo a punto de expresar su inquietud, pero Andreas comenzó a hacerle el amor de nuevo y el placer le cortó esos pensamientos.

Aun así, en cuanto dejó de estar sometida a su campo magnético, las dudas retornaron con mayor fuerza.

Estaba feliz de que Andreas amara a Dora como si fuera su hija, pero ¿y si solo era tan maravilloso por su obsesión de proporcionar a Dora la mejor vida posible? ¿Y si todos sus actos estaban motivados por el profundo amor fraternal que se había apoderado de él?

Si era así, ¿qué podía hacer ella cuando había sabido desde un principio que entraba en aquel matrimonio sintiendo mucho más por él de lo que Andreas sentiría jamás por ella?

«Deja de darle vueltas», se amonestó. Debía dar gracias a lo que tenía, sentirse bendecida por la presencia de Dora y Andreas en su vida, y dejar de torturarse por lo que anhelaba.

Dos semanas después, de vuelta en Nueva York y a pesar de haber mantenido su propósito, los miedos seguían asaltándola. Hasta que la noche anterior se manifestaron con violencia.

Andreas tuvo que sacudirla para sacarla de una pesadilla en la que Dora y él se alejaban de ella, que corría desesperadamente tras ellos sin conseguir alcanzarlos. Despertó sollozando y permaneció inconsolable a pesar de los esfuerzos de Andreas por reconfortarla.

Naomi no le contó su sueño porque para ella era una premonición.

Andreas había insistido en acompañarla al trabajo, pero ella le había disuadido, diciéndole que tenía una cita con el ginecólogo, a la vez que fingía haberse sacudido el malestar que le había causado la pesadilla.

Naomi siempre había tenido periodos dolorosos cuando estaba preocupada, pero desde que había dado a luz a Dora, habían mejorado considerablemente. Hasta los últimos tiempos. Solo eso la decidió a ir a ver a la doctora Summers, la ginecóloga de Nadine que le había atendido durante el embarazo, y a la que había evitado ir porque le despertaba dolorosos recuerdos. De hecho, había acudido a otro ginecólogo para ponerse el DIU y temía que este fuera la causa de sus dolores.

Una hora más tarde, Miriam Summers sonrió tras examinarla y tomarle una muestra de sangre.

–Todo va bien. Al menos con el DIU.

–¿Qué quieres decir? ¿Hay algún otro problema?

–En absoluto –dijo la doctora–. Solo tienes mucha presión en la zona pélvica.

–¿Puede ser psicológico?

Miriam rio.

–En cierta forma sí. Es un síntoma clásico de excitación continuada. No es necesario que tu marido y tú evitéis el sexo cuando tienes el periodo.

–¡Vaya! –musitó Naomi.

Andreas había dicho lo mismo, pero ella se había negado, temiendo que le produjera rechazo.

Su silencio hizo que Miriam añadiera precipitadamente.

–No os he visto ni a ti ni a Nadine desde que nació Dora. He mencionado a tu marido porque me he fijado en la alianza.

Naomi la miró, atónita. ¿Cómo era posible que hubiera olvidado que Miriam Summers no sabía que Nadine había muerto?

–Lo siento –dijo Miriam al ver su expresión–. ¿He metido la pata?

–No, no... –dijo Naomi. Y tomando aire, le contó lo sucedido.

Tras un opresivo silencio, la doctora dijo:

–No sabes cuánto lo siento. Nadine era una de mis pacientes favoritas, y no es habitual ver una relación como la vuestra. Pero... –calló bruscamente, como si le costara continuar.

–¿Pero qué?

–Ahora que Nadine y Petros han muerto, creo que debes saber la verdad.

La verdad reverberaba en la mente de Naomi mientras caminaba sin rumbo por las calles de Nueva York.

Nadine era completamente estéril. Petros, sabiendo el sufrimiento que saberlo podría haberle causado, había convencido a la doctora Summers de que buscara a una donante anónima y que le hiciera creer a Nadine que el bebé era suyo.

Dora no era lo que le quedaba de Nadine. Ella y Naomi no tenían ningún vínculo de sangre.

¿Cómo reaccionaría Andreas cuando lo supiera? ¿Y si lo había sabido todo el tiempo? Quizá solo la había necesitado para acceder a Dora y se había casado con ella para que, entre tanto, la niña se encariñara con él. Pero una vez conseguido su objetivo, ¿qué necesidad tenía de ella?

La lógica dictaba que si Andreas pensaba librarse de ella lo haría mientras Dora fuera lo bastante pequeña como para que su desaparición no tuviera repercusiones psicológicas. Que, igual que Dora había olvidado a Petros y a Nadine, la olvidara a ella.

Solo cabían dos posibilidades: que Andreas no lo supiera y que pensara que su presencia era importante, aunque solo fuera por la estabilidad de Dora. O, aun peor, que pensara librarse pronto de ella. No cabía una tercera posibilidad.

Andreas no la amaba. Si no, se lo habría dicho.

Sin saber cómo, llegó a la casa que ya no sentía como su hogar. Andreas salió al instante de su despacho y fue hacia ella con gesto ansioso.

–Estaba a punto de ir a buscarte –dijo, abrazándola y besándola.

Naomi se liberó de su abrazo suavemente. Necesitaba salir de su zozobra.

Andreas hizo ademán de volver a abrazarla, pero ella lo detuvo diciendo:

–Lo sé todo.

Toda duda se borró al comprobar que Andreas la miraba sabiendo perfectamente a qué se refería. Él, al contrario que ella, lo había sabido desde el principio.

–Naomi... –empezó.

–Ahora que sé que no soy nada de Dora –lo interrumpió ella–, comprendo que Petros ni siquiera me mencionara en el testamento. Solo quería que cuidara de su hija hasta que tú aparecieras. Ahora no me corresponde ningún papel en su vida.

–¿Cómo puedes decir eso? Dorothea te necesita. Ella...

Naomi volvió a interrumpirlo.

–Sé que harías cualquier cosa por darle lo que necesita, pero te ama y se olvidará de mí en cuanto me vaya.

–Theos, Naomi...

–Se lo contaré a Hannah y le pediré que se quede contigo. Luego me marcharé. Y no vengas a buscarme porque no voy a cambiar de idea.

Andreas la vio alejarse como si viviera una pesadilla. Una perturbadora frialdad parecía haberse apoderado de ella. Como si de pronto no sintiera nada, ni por Dora, ni por él.

Andreas nunca había imaginado que ocultarle la verdad pudiera tener una consecuencia tan espantosa.

Se había sentido incapaz de quitarle la ilusión de pensar que la niña era una parte de su hermana, que la niña que consideraba su hija, no lo era de sangre.

Pero, ¿cabía la posibilidad de que no la amara como si fuera su propia hija, que sus sentimientos hacia ella fueran solo una extensión de su amor por Nadine y que hubieran desparecido en cuando supo la verdad?

¿Y en cuanto a él? Andreas había llegado a creer que Naomi sentía algo por él. ¿Tan equivocado estaba respecto a lo que habían compartido?

Habría querido ir tras ella, decirle que se negaba a dejarla marchar, pero ¿qué esperanza le quedaba si Naomi no amaba a Dorothea, si nunca lo había amado a él?

–¿Estás seguro de que no se trata de otra cosa?

Andreas miró a Arístides. Nada de lo que su hermano o Calíope le habían dicho había servido de nada.

–Quiero decir –añadió su hermano ante su cara de incomprensión–, ¿estás seguro de que esto tiene que ver con Dorothea?

–Conociendo a Naomi como la conozco –comentó Calíope–, esta ha sido la gota que ha colmado el vaso.

–¿Qué gota? –saltó Andreas?–. Todo iba maravillosamente hasta que...

Súbitamente recordó la pesadilla de Naomi y les contó el episodio.

–Pero no era más que una pesadilla –concluyó–. No puede tener nada que ver con lo que ha pasado.

Calíope apretó los labios.

–Puede que más que una pesadilla fuera una manifestación de sus miedos e inseguridades por el pasado. Quizá nunca se haya liberado de ellos.

–¿Te refieres a su pasado conmigo? Pero si soy un hombre cambiado… ¿Quieres decir que la herida que le causé no ha cicatrizado y por eso no puede amarme?

Arístides sacudió la cabeza.

–Por lo que me dijo y lo que he observado, yo diría que el pasado ha influido, pero no en ese sentido, sino porque quizá no hayas cambiado tanto como crees. ¿Le has dicho lo que sientes por ella? ¿Acaso sientes algo por Naomi más allá que como la tercera pieza de una familia de la que ya no puedes prescindir?

–Claro que la amo, siempre la he amado, y ahora todavía más –protestó Andreas–. No puedo vivir sin ella.

Calíope y Arístides intercambiaron una mirada.

–¿Se lo has dicho? –preguntó Arístides.

–Claro que…

Andreas calló bruscamente al darse cuenta de que no lo había hecho. La cabeza le dio vueltas mientras empezaba:

–Se lo he demostrado de… –un nudo le atenazó la garganta.

–¿Nunca le has dicho lo que acabas de decirnos a nosotros? –preguntó Calíope.

Andreas cerró los ojos con fuerza.

–No.

–¿Nunca? ¿Ni en el pasado ni ahora?

Andreas sacudió la cabeza, sintiendo que se ahogaba.

Calíope se cuadró de hombros y dijo:

–Te diré lo que pienso: Naomi siempre te ha amado, pero nunca se ha sentido correspondida, excepto físicamente. Al aparecer de nuevo, has demostrado cuánto quieres a Dora, y Naomi piensa que te has casado con ella para proporcionarle una familia. Desde su punto de vista, y puesto que nunca le has dicho que la amas, la mantienes a tu lado por conveniencia. Al descubrir que Dora no es suya, ha debido de pensar que ya no era necesaria, y ha preferido desaparecer antes de que le resultara más difícil tanto a ella como a Dora.

Andreas encontró la explicación plausible. Había estado tan concentrado en sus planes y en demostrar a Naomi, a su manera, lo que sentía por ella, que no se había parado a pensar si lo había comprendido.

Se dio cuenta de que había temido mostrarse demasiado vulnerable, exponerse demasiado. Por haberse aferrado a sus propios temores, la había perdido.

–¡No puedo perderla, no puedo!

Calíope le pasó un brazo por el hombro.

–No tienes por qué. Ve a decirle lo que sientes.

–Ya es tarde para palabras, Calíope –dijo Arístides–. Naomi te ama con todo su corazón, Andreas, pero ha esperado demasiado. Si no puedes demostrarle que la amas por encima de todo y de todos, la perderás.

***

A la mañana siguiente, Andreas estaba en la puerta el apartamento de Naomi, listo para la batalla.

En cuanto ella abrió la puerta, tuvo la certeza de que Arístides y Calíope estaban en lo cierto. Naomi lo amaba; por eso parecía haber perdido las ganas de vivir.

Naomi tenía que tener la certeza de que él la amaba igual de profundamente. Y si la prueba que le llevaba no era suficiente...

Reprimió el impulso de abrazarla y, al entrar, cerró la puerta tras de sí y preguntó:

–¿Crees que amo a Dorothea, Naomi?

Ella lo miró sorprendida.

–Sí. Creo que la quieres muchísimo.

–Crees que haría cualquier cosa por su bien, pero ¿eres consciente de que preferiría morir antes que renunciar a ella?

Sin poder articular palabra, Naomi asintió con la cabeza.

Andreas le tendió unos papeles.

–Esto revoca mis derechos sobre Dorothea a tu favor. Ahora puedes solicitar su adopción.

Naomi observó los papeles en silencio y luego a Andreas.

–Es la prueba, *agápi mou*, de que Dorothea no tiene nada que ver con mi deseo de casarme contigo. Siempre has sabido que te deseaba, pero nunca te he dicho cuánto te amo. Tenía demasiado miedo de decirlo; pensaba que bastaba con demostrártelo. Todavía tengo mucho que aprender sobre cómo expresar mis sentimientos, aunque dudo que ninguna de las palabras que diga pueda alguna vez llegar a expresar lo que siento por ti. Naomi, lo eres todo para mí. Sin ti, la vida no tiene sentido.

Al ver que Naomi seguía mirándolo, atónita, Andreas tuvo una espantosa duda.

–¿No me has dejado por eso? ¿He matado tus sentimientos por mí, o es que nunca me has amado?

Andreas se encontró súbitamente en los brazos de Naomi. Sus labios sintieron los de ella; las lágrimas de Naomi le mojaron las mejillas.

–Siempre, siempre te he amado –dijo ella entre besos–. Oh, Andreas, amor mío, *s'agapo*...

Antes de que la tensión se disolviera en felicidad, Andreas preguntó:

–¿Y Dorothea?

–Casi me muero al dejarla, pero pensé que cuanto antes lo hiciera, menos sufriría ella.

Andreas la abrazó con fuerza, aliviado, lleno de gratitud.

–Y ahora, amor mío, ¿volverás con nosotros? ¿Serás mi mujer y la madre de ese precioso bebé, producto del amor entre Nadine y Petros al que tú diste la vida?

Naomi contestó con un beso en el que puso toda su alma.

–Naomi –dijo él–. Te amo, te amo tanto.

Sonó el teléfono de Naomi, pero lo ignoraron. Hasta que, al sonar por tercera vez, descolgó.

Andreas quiso saber qué pasaba.

–Fui a una revisión y-y… –Naomi suspiro profundamente–. Estoy embarazada.

Andreas la miró atónito.

–¡Pero si has tenido el periodo!

–Por lo visto, se puede tener un falso periodo con el DIU. La doctora no se dio cuenta porque era muy pronto, dos semanas. Pero el análisis de sangre ha sido definitivo.

Andreas le apretó la mano.

–¿Estás preocupada? ¿Tienes miedo de tener otro hijo tan pronto?

–No es por mí, sino por ti. Amas tanto a Dorothea que no sé si querrás otro…

Andreas la calló con un beso.

–Claro que quiero, Naomi. Quiero tantos hijos como tú quieras. De hecho, lo quiero todo contigo.

Mirándolo y descubriendo que era totalmente sincero, Naomi dijo entre lágrimas:

–Y yo lo quiero todo contigo, mi amor, para el resto de mi vida.

Sintiendo lágrimas brotar desde el fondo de su alma, Andreas dijo:

–Jamás consentiré que te sientas sola o que dudes de mi amor. Voy a pasar el resto de mi vida demostrándote que has devuelto la vida a mi corazón y que me has dado una razón de ser; que has bendecido mi vida y que me has salvado.

Capítulo Doce

El anuncio de la boda fue recibido por Hannah y por la familia de Andreas con tal entusiasmo que Naomi se emocionó.

Andreas insistió en celebrarla en Creta y lo antes posible, y Naomi se encontró por primera vez en una situación que jamás había esperado: formando parte de una gran familia.

Con cada día que pasaba Andreas se mostraba más abierto y se esforzaba por darle aquello que le había negado en el pasado. Incluso mucho más.

La villa en la que alojaban estaba situada al pie de las Montañas Nevadas, en una playa de arena blanca, frente al cristalino mar cretense. Era lo bastante grande como para acomodar a los invitados, pero lo suficientemente recogida como para que Andreas y ella pudieran sentirse aislados.

Y aquella tarde, a la mágica hora del atardecer, se casarían.

La ceremonia iba a ser sencilla; tan solo la familia y algunos amigos ante los que intercambiarían los votos.

–Más te vale estar preparada –dijo Calíope, entrando en la habitación en la que Naomi se estaba vistiendo.

A su lado, Selene hizo una mueca. Las dos mujeres actuaban de damas de honor y vestían vestidos similares de color turquesa.

–Andreas está a punto de ponerse a tirar a la gente a la piscina –explicó Selene.

Naomi sintió que el corazón se le aceleraba.

–¿Por qué? ¿Qué ha pasado?

Calíope rio.

–Todavía no te has enterado de que has destapado el volcán que hervía bajo el hielo, ¿verdad? El pobre está fuera de sí con la ansiedad de volver a hacerte su esposa. Arístides nos ha mandado a buscarte por temor a que le dé un ataque de angustia.

Naomi sintió un nudo en el estómago.

–¿Angustia por qué?

–La que siente cualquiera que ama demasiado –dijo Selene con un blando ademán.

Se miró por última vez al espejo y se sorprendió al ver a la exultante novia que encontró reflejada. Andreas le había comprado un traje maravilloso, de satén y encaje, que le hacía sentir como la heroína de una antigua leyenda griega; como una mortal que fuera a casarse con el dios que había elegido por compañera.

–Estás perfecta –dijo Calíope con un suspiro–. Como suele decir Andreas de ti, pareces una diosa de oro.

Selene rio y se expresó en los mismos términos que Naomi había imaginado:

–Date prisa antes de que la ira del novio fulmine a los simples mortales que han acudido a vuestra celestial unión.

Entre risas, salieron, y Naomi sintió que corría al encuentro de su destino.

Con cada paso que daba, Naomi sentía que se aproximaba al paraíso. Aunque había numerosas personas vestidas de multitud de colores, Naomi solo fue consciente de una presencia, la de Andreas, el hombre al que había amado desde el primer momento y al que amaría el resto de su vida.

En cuanto él la vio, se separó de los hombres con los que estaba para ir a su encuentro. Naomi se encontró rompiendo su grupo y caminando apresuradamente para encontrarlo a medio camino. Él la tomó en brazos y, elevándola, dio vueltas con ella en el aire.

Riendo, con lágrimas en los ojos, Naomi se abrazó a su cuello y Andreas la llevó hasta el cura, que vestía al estilo tradicional cretense. La ceremonia comenzó y Andreas sujetó a Naomi pegada a su corazón. En cuanto intercambiaron los anillos y antes de que el cura le diera permiso, Andreas la besó apasionadamente.

Unos gritos de sorpresa hicieron que los dos levantaran la cabeza: Dora daba sus primeros pasos hacia ellos.

Ambos corrieron hacia ella, agachándose y con los brazos abiertos, para que la niña completara el círculo de la recién oficializada familia.

***

Andreas se arrepintió de haber accedido a cumplir con la tradición de quedarse con los hombres mientras la novia se preparaba.

–Esperar solo incrementará tu deseo –dijo Arístides al ver que se ponía nervioso–. Además, apenas hemos tenido oportunidad de hablar en estas semanas.

–¿Y crees que este es el mejor momento para hacerlo? ¿Estás loco, Arístides? –Andreas lo miró con gesto impaciente. Luego desvió la mirada hacia los hermanos de Selene, el trio Louvardis, que habían hecho bromas constantes sobre su soltería.

Se puso en pie y todos lo imitaron para obligarle a sentarse de nuevo.

–Apartaos o alguien va a salir mal parado.

Todo el mundo rio y continuaron las broma sobre su ansiedad.

Lo que sentía por ella y por Dora era tan intenso, tan profundo, que a veces echaba de menos los tiempos en los que podía guardarlo todo dentro de sí y dejar salir solo aquello que quería. No había previsto la enorme diferencia que había entre estar obsesionado con Naomi cuando no podía dar rienda sienta a sus sentimientos, y esa mismo obsesión cuando nada los frenaba.

Abandonó a sus compañeros y recorrió la casa.

Cuando entró en el dormitorio, abriendo la puerta bruscamente, la encontró echada en su lado de la cama, con un ramo de flores en los brazos.

Andreas se arrodilló al pie de la cama y le acarició las piernas, que al recogerse el vestido que le hacía parecer un ángel y una diosa, habían quedado expuestas.

La bestia que rugía en su interior anhelaba poseerla violentamente, como había hecho tantas veces para placer de ambos. Pero en aquella ocasión quería que fuera distinto, y que Naomi supiera todo lo que le debía, hasta qué punto la adoraba.

Colocándose a cuatro patas, fue ascendiendo por su cuerpo, besándolo a medida que la desnudaba lentamente. Hasta que llegó a sus labios y Naomi se abrazó a su cuello y buscó sus labios como si su vida dependiera de ello.

Tras un apasionado beso, Andreas la observó, embelesado.

–*Monadikos, agápi mou*... «Eres única».

Y lo era. Para Andreas, su belleza eclipsaba la de las miles de flores con las que él había llenado la habitación.

Decidido a domar su deseo para convertirlo en ternura, notó que las manos le temblaban mientras terminaba de desnudarla. Entonces volvió a acariciarla, desde los pies hasta las mejillas, besándola, mordisqueándola, despertando cada milímetro de su cuerpo. Y cuando finalmente se elevó sobre ella mientras le acariciaba el sexo, gozó con la visión y el aroma de su explosión, con cada estremecimiento, cada gemido... Y su determinación de mantener un ritmo lento y pausado se hizo añicos al sentir que la sangre se le agolpaba en la cabeza y en el miembro.

Entonces Naomi tomó la iniciativa, recorriéndole la espalda con las manos, apretándole las nalgas en una muda súplica.

Andreas se rindió, echándose entre sus temblorosos muslos. Naomi repitió su nombre una y otra vez, susurrándolo como un rezo contra su frente. Andreas se incorporó sobre las rodillas, la tomó por la nuca y por el trasero para ladearla, y así besarla y penetrarla a un tiempo. Él retrocedió para mirarla a los ojos mientras volvía a penetrarla, en aquella ocasión profundamente.

Naomi se contrajo a su alrededor, apretándolo, caliente y ajustada. Clavó los dedos en sus hombros, obligándole a ahondar todavía más a la vez que gritaba de placer. Y Andreas emitió un gruñido primario de orgullosa victoria.

–Eres tan hermosa... –dijo con voz ronca–. Estar dentro es ti es... estar en el cielo.

Naomi gimió, sacudió la cabeza de un lado a otro, se asió a él con fuerza.

–Tú sí que eres hermoso –dijo, jadeante–. Y cuando te tengo dentro... *Agápi mou,* hazme tuya.

Oír que lo llamaba mi amor en griego, cuando nunca se lo había dicho en ninguna lengua, conmocionó a Andreas. Elevándose sobre los brazos estirados, la miró febrilmente. Siempre había sabido que lo deseaba, pero también había asumido que, hasta que no hubiera confianza y seguridad en su relación, no existiría el amor. ¿Habrían entrado los sentimientos de Naomi en otra dimensión, o solo se trataba de palabras provocadas por el fuego de la pasión?

Andreas se sentía afortunado de tener un hueco en su vida y en la de Dorothea. Tomaría lo que le ofreciera.

En aquel instante, lo inmediato era el placer. Y se lo daría. Con un nuevo empuje se adentró en ella, observando su entrega total, su salvaje abandono. Naomi buscó sus labios; su lengua buscó la de él mientras acompasaba el movimiento de sus caderas a las de Andreas y su centro se contraía una y otra vez en torno a su sexo.

Hasta que los gemidos de Naomi se convirtieron en un grito profundo y sus sacudidas se trasmitieron a Andreas. Se arqueó contra él, en un explosivo clímax que arrastró a Andreas a su propio estallido. Rezando para que su semilla algún día enraizara en el útero de Naomi y creará un milagro como Dorothea, se perdió en su interior, prolongando el orgasmo de Naomi. Una detonación siguió a otra, encerrándolos en un circuito cerrado de estimulación que los fundió en uno.

Cuando Andreas recuperó el habla, susurró:

–*Ómorfi gynaíka mou* –y giró con ella hasta que Naomi quedó sobre él.

Naomi contestó con los labios pegados a su torso y Andreas creyó que el corazón iba saltársele del pecho.

–*Ómorfi gynaíka mou.*

Andreas alzó la cabeza, sorprendido:

–¡Me has entendido!

Ella le llenó el pecho de besos, diciendo:

–Sé más griego del que crees.

Andreas la miró emocionado. Que Naomi hubiera aprendido griego, sin duda para él, y que lo hubiera llamado su «maravilloso marido», le aceleró el corazón.

Entonces ella se incorporó sobre el codo, y con su cabello rozándolo como una cortina de oro, sonrió desinhibida, saciada y, sin embargo, insaciable.

–Ahora que has sido tan tierno –dijo con picardía–, puedes tomarme con algo menos de delicadeza.

Andreas la atrajo hacia sí y la abrazó con fuerza, a la vez que decía:

–Tus deseos son órdenes. Esto ha sido solo un aperitivo –levantándose de la cama, la tomó en brazos y salió hacia la piscina–. Vivo para darte placer.

Y durante toda la noche le hizo el amor, entregándose plenamente a ella, sin restricciones, ni límites.

Cuando, ya al amanecer, Naomi se quedó dormida, acurrucada contra él, Andreas supo por primera vez en la vida qué significaba la perfección.

Pero al mismo tiempo, y dado que por experiencia sabía que la felicidad solo se alcanzaba a un alto precio, no pudo evitar preguntarse cuánto tardaría el destino en cobrarle la deuda.